Michail Kusmin

Die grüne Nachtigall

und andere Novellen

Übersetzt von Alexander Eliasberg

Michail Kusmin: Die grüne Nachtigall und andere Novellen

Übersetzt von Alexander Eliasberg.

Erstdruck dieser Zusammenstellung: Weimar, G. Kiepenheuer, 1918

Neuausgabe
Herausgegeben von Karl-Maria Guth
Berlin 2017

Umschlaggestaltung von Thomas Schultz-Overhage unter Verwendung des Bildes: Boris Kustodiev, Zu Hause, 1914-18

Gesetzt aus der Minion Pro, 11 pt

Verlag: Henricus - Edition Deutsche Klassik GmbH
Mörchinger Str. 33, 14169 Berlin, info@henricus-verlag.de
Druck: Libri Plureos GmbH, Friedensallee 273, 22763 Hamburg

ISBN 978-3-7437-0405-3

Bibliografische Information der Deutschen Nationalbibliothek

Die Deutsche Nationalbibliothek verzeichnet diese Publikation in der Deutschen Nationalbibliografie; detaillierte bibliografische Daten sind im Internet über www.dnb.de abrufbar.

Inhalt

Die grüne Nachtigall 4
Die platonische Charlotte 10
Morgen gibt's schönes Wetter 18
Zwecklose Erfolge 25
Der Rivale 34
Ein Ehebruch 42
Die Kugel im Beet 47
Der Überfall auf Barssukowka 70
Die Muster des guten Tommaso 88
Eine Panne 106
Ein Meister in seinem Fach 114

Die grüne Nachtigall

Das grüne Haus glich so sehr einem Aufbau aus Pistazieneis, daß man wirklich erwartete, es werde sich sogleich in den Strahlen der Märzsonne auflösen: die Säulen werden zerschmelzen, die Gesimse heruntertropfen und der kleine morsche Balkon sich ganz langsam nach links, zur Kirche zu neigen und so hängen bleiben.

Die Hausbesitzer und die Sonne hatten offenbar Mitleid mit dem freundlichen alten Haus und ließen es in seinem Grün die wenigen Lenze, die ihm noch blieben, begrüßen; im Hofe war aber das offizielle und unverblümt einträgliche graue Ungetüm von einem Zinshause errichtet. Das Asphalttrottoir machte am niederen Zaune eine Biegung und floß direkt zur Einfahrt, auf der, wie auf einer Festung, eine Fahne flatterte, und sich im Winde ein Leinwandstreifen blähte, der die Inschrift trug: »Lazarett der Mieter des Umnowschen Hauses«.

Die Sonnenstrahlen drangen auch hierher; sie machten keinen Unterschied zwischen dem grünen Haus und dem grauen Zinsungetüm, zwischen dem Lazarett und den gemütlichen alten Zimmern.

Am Fenster glänzte ein Spielzeug: eine goldene Schachtel mit einer runden Rosette auf dem Deckel. Drehte man einen Schlüssel um, so klappte die Rosette auf, auf ihrer inneren Seite erblühte ein Rosenbusch, und ein flinker Vogel sprang heraus; er schüttelte den grünen Schwanz, schlug die blauen Flügel, und aus dem Innern der Schachtel klang etwas wie Nachtigallenschlag. Die Musik dauerte genau zwei Minuten, dann verschwand der Vogel, der Deckel klappte wieder zu – und Schluß. Der Vogel tauchte immer so rechtzeitig unter, daß ihn die Rosette beim Herunterklappen niemals traf; so war es eben eingerichtet: der Vogel machte husch, der Rosenbusch – klapp, die Mechanik – kling, und die Schachtel war wieder eine Schachtel wie jede andere.

Mit der Nachtigall spielte ein Kranker. Er hatte einen Schlafrock an, und es war unbekannt, ob er Soldat oder Offizier war. Im Lazarett kann man ja wie im Dampfbade keine Chargen unterscheiden. Auf eine seiner Wangen fiel ein Sonnenstrahl, auf der andern spielte der Reflex von einem im Krankensaale zufällig vergessenen Spiegel. Der junge Mann hörte gar nicht aufmerksam zu, und doch drehte er den Schlüssel, wenn das Spiel zu Ende war, immer von neuem um. Die Töne regten ihn anscheinend sehr auf; als der Sonnenstrahl zum vernickelten Bettpfosten hinüberglitt und der Reflex zur Zimmerdecke hinaufstieg, zeigte es sich, daß die Wangen des Kranken sehr bleich waren und auf seiner Stirne Schweißtropfen standen. Er fiel sogar in seine Kissen zurück, als ob er für einen Augenblick die Besinnung verloren hätte.

Die Schwester trat mit einem Teller gelber Bouillon in der Hand vor sein Bett. Vielleicht war sie eine Dame aus der Gesellschaft, obwohl ihr rundes, rotes, vom Kopftuch allzu eng umfaßtes und daher noch aufgedunsener erscheinendes Gesicht ebensogut einer Hökerin hätte gehören können.

»Ist Ihnen nicht wohl?«

»Nein, nein ... Erfahren Sie bitte, wer diese Schachtel hergeschickt hat. Ich habe sie in der Lotterie gewonnen ... Nummer neunundzwanzig.«

Die Schwester warf einen Blick auf den Boden der Schachtel.

»Die ist von Maria Lwowna Koroljow.«

»Wie? Wie?«

»Von Maria Lwowna Koroljow.«

»Es heißt wohl – Koroljkow?!«

»Vielleicht auch Koroljkow. Regen Sie sich aber doch nicht so auf!«

»Wohnt sie hier in diesem Hause?«

»Höchstwahrscheinlich. Alle Spenden kommen von den Mietern dieses Hauses.«

»Erfahren Sie es bitte, Schwester, und sagen Sie ihr, sie möchte zu mir herkommen!«

»Gut, ich werde mir Mühe geben. Beruhigen Sie sich nur!«

»Ich bin ja ruhig«, sagte lächelnd der Kranke und machte sich an die Bouillon.

Seine Hand zitterte so sehr, daß die Schwester den Löffel nehmen mußte. Nachdem er gegessen hatte, lehnte er sich in die Kissen zurück und wurde wieder unruhig.

»Schwester, sagen Sie es ihr bitte ...«

»Ja, gut!«

»Sie sagen es nur so, zu meiner Beruhigung. Tun Sie es aber wirklich! Mein Gott, mein Gott!«

»Sind Sie aber aufgeregt! Nichts wollen Sie mir glauben. Also mein Ehrenwort: ich will alles erfahren und Ihre Bitte ausrichten.«

Der Kranke hörte offenbar gar nicht, was sie sagte; er hielt die Augen geschlossen, um sich ganz in ein Bild zu versenken: er sah den Bretterzaun auf dem Gute im Moskauer Gouvernement, den himbeerroten Sonnenuntergang und die weit auseinanderstehenden, dunklen Augen Maschas ... Es war vor sechs Jahren ... Auch die goldene chinesische Schachtel mit dem grünen Vogel gehörte in das gleiche Bild ... Es war in der Mädchenkammer, in die er durch das Fenster hineingestiegen war. Mascha schrie auf und verhüllte ihren braunen Hals und die nackten Schultern mit ihrem Tuch; ihr Zorn war natürlich nicht echt. Sie zürnte auch später nicht, als man sie gewaltsam verheiratete. Nein, sie schwieg nur, war aber vor Empörung zu Stein erstarrt. Sie hielt sogar ihre Augen gesenkt, um das Feuer in ihnen zu verbergen. Wäre Aljoscha älter, so hätte er ihren zukünftigen Mann nicht beneidet. Sie sprach mit ihm wie mit einem ganz kleinen Jungen, wie mit einem Kind, als ob sie gar nicht ihn meinte, als ob er ihr im Wege wäre.

»Gewiß, niemand zwingt mich ja, zu heiraten, es ist aber beinahe doch so ... Ich kann das verstehen, ich hätte es ja ebenso gemacht ... Ich liebe dich, doch was kannst du tun, und was kann ich tun? Kein Geistlicher würde uns trauen, denn du bist noch zu klein ... Man sagt, er sei ein guter Mensch; ich weiß es auch selbst: ich kenne ihn ja, Gott sei Dank, schon länger! Aber jetzt, jetzt wäre ich imstande, alle in Stücke zu reißen!«

Sie wollte ihm, wie einem kleinen Jungen, ein Spielzeug schenken: die chinesische Nachtigall. Er kann sich noch erinnern, wie er das Spielzeug empört ins Gras schleuderte; Mascha hob es aber auf und sagte: »Wie du willst!«

Und nun bekommt er von ihr wieder das gleiche Geschenk. Es ist derselbe Vogel; die gleichen Töne kommen aus der Schachtel, und genau so schön wie vor Jahren blüht der Rosenbusch.

Der Kranke blickte immer zum Fensterbrett, wo die Schachtel in mattem Gold glänzte.

Als man ihm am nächsten Tage sagte, Frau Koroljow werde gleich kommen, geriet er in solche Aufregung, daß die Schwester die Begegnung aufschieben wollte.

»Nein, ich bitte Sie! ... Sie möchte gleich kommen! Ich bin ganz ruhig ...«

Und er wurde wirklich ruhig.

In der Türe zeigte sich eine schlanke, dunkelgekleidete Dame, mit großen schwarzen Augen im gelblichen Gesicht.

»Ich war die ganze Zeit über auf dem Gut, bin erst gestern in die Stadt zurückgekehrt und hatte noch nicht Zeit, unsere lieben Gäste aufzusuchen«, sagte sie freundlich, doch etwas offiziell.

Alexej Dmitrijewitsch hatte sich vorgebeugt und starrte sie unverwandt an. Endlich sagte er leise:

»Sie haben sich verändert, ich kann Sie aber wiedererkennen ... Die Augen sind zahmer geworden ... ja, ja ... darin liegt eben der ganze Unterschied ...«

Die Dame sagte in unbestimmtem Tone:

»Was soll man machen? Alle verändern sich ...« Nach einer Pause fuhr sie fort: »Ich glaube, Sie sind nur leicht verwundet? Wir haben ja hier lauter Leichtverwundete; es kommen aber auch sonderbare Komplikationen vor, besonders bei Quetschwunden.«

Der Kranke schien auf ihre Worte gar nicht zu hören. Er sagte:

»In der Familie nannte man Sie Mascha. Weder Marie, noch Marussja, noch Mura, noch Manja oder Mara, sondern Mascha.«

»Sie haben es erraten. Doch was folgt daraus?«

»Erkennen Sie mich nicht?«

Die Dame betrachtete ihn aufmerksamer und sagte:

»Nein. Es ist ja möglich, daß wir uns schon einmal begegnet sind. Aber ich glaube, daß ich Sie jetzt zum erstenmal im Leben sehe.«

»Als Sie noch nicht verheiratet waren, es war kurz vor Ihrer Verheiratung ... Können Sie sich noch an den Knaben erinnern, der Sie so sehr liebte, der so verliebt war? ...«

»Ist Nikolaj Ssergejewitsch gefallen?«

»Was für ein Nikolaj Ssergejewitsch?«

»Djornow ... Verzeihen Sie: ich glaubte, Sie sprechen von ihm.«

»Nein, nein ... Ich spreche von jenem Abend, als ich Ihre Nachtigall ins Gras schleuderte. Sie wollten sie mir wie einem Kinde schenken. Ihre Augen sind zwar zahmer geworden, aber mein Herz ist noch nicht zahm. Mascha, erkennen Sie mich denn nicht? Haben Sie den Aljoscha Chochlow ganz vergessen? Mein Kopf ist jetzt kurz geschoren, ich habe mich auch sonst verändert, und dann diese Lazarettkleidung ... Sie können sich aber noch an mich erinnern?«

»Nein ...« begann die Dame unentschlossen und stockte.

»Nun?«

»Es ist so sonderbar! Alles, was Sie sagen, habe ich wohl tatsächlich erlebt, aber einen Aljoscha Chochlow hat es in meinem Leben nie gegeben ...«

»Sie heißen doch Koroljkow? Maria Lwowna Koroljkow?«

»Ich heiße allerdings Maria Lwowna, doch der Familiennamen meines Mannes ist Koroljow und nicht Koroljkow.«

»Ach so! Das ist ja der Namen Ihres Mannes!«

»Gewiß, ich bin doch verheiratet. Das wußten Sie aber schon!«

»Verzeihen Sie, ich hatte es mir nicht überlegt ...«

Der Kranke drückte sein Gesicht in die Kissen und begann plötzlich zu schluchzen.

Die Dame wartete eine Weile und fragte ihn dann:

»Soll ich vielleicht die Schwester rufen? Sie sind so erregt!«

Der Kranke machte eine abwehrende Handbewegung und begann, fast ohne den Kopf vom Kissen zu heben:

»Es kann nicht sein, daß Sie es nicht sind. Sie haben es nur vergessen, nicht wahr? Woher denn sonst diese Ähnlichkeit, warum heißen Sie Mascha, warum habe ich solches Herzklopfen?«

»Ich weiß es nicht.«

»Und warum kommt mir diese chinesische Nachtigall zum zweitenmal in die Hände?«

»Sie ist gar nicht chinesisch. Ich habe das Spielzeug einmal aus der Schweiz mitgebracht. Ich habe niemanden in China, und ich bin nicht so reich, um mir so teure Sachen kaufen zu können.«

»Seien Sie doch aufrichtig!«

»Ich spreche die Wahrheit.«

Der Kranke setzte sich etwas auf, ergriff ihre Hand und sah ihr lange ins Gesicht, ohne die Tränen, die ihm die Wangen hinunterliefen, abzuwischen.

»So ähnlich! So ähnlich!«

Maria Lwowna lächelte flüchtig und fragte:

»Haben Sie jene Mascha Koroljkow sehr lieb gehabt?«

Er nickte stumm mit dem Kopf.

»Auch ich ... ich liebe jemanden, der jetzt im Felde ist ... Und er ist nicht mein Mann ...«

»Er heißt Nikolaj Ssergejewitsch Djornow?«

»Ja. Woher wissen Sie das?«

»Sie haben es ja vorhin selbst gesagt.«

»Ja, gewiß … Was wollte ich denn noch sagen? Ja … Sie tun mir wirklich sehr leid. Wenn es nicht so komisch wäre, würde ich wohl mit Ihnen weinen. Ich verstehe Sie so vollkommen, als ob ich jenes Mädchen wäre, das Sie geliebt haben. Wissen Sie was? Wenn die Erinnerungen Ihnen teuer sind und Sie nicht zu sehr bedrücken, so behalten Sie diese Schachtel zum Andenken an mich, obwohl sie nur aus der Schweiz ist. Die Nachtigall singt wirklich gar nicht schlecht.«

Sie drehte den Schlüssel um, und der grüne Vogel sprang heraus, schüttelte den Schwanz und schlug wie eine Nachtigall. Beide hörten schweigend zu. Als der Deckel zuklappte, nahm Chochlow Maria Lwowna wieder bei der Hand und sagte etwas unentschlossen:

»Ich danke Ihnen. Kommen Sie doch bitte, solange ich hier bin, öfters her. Das wird mir mehr Freude machen als dieser Vogel. Sie sehen ihr so ähnlich …«

»Wie das Schweizer Spielzeug dem chinesischen ähnlich sieht?«

»Lachen Sie nicht über mich! Wir werden von Ihrer … von meiner … von unserer Liebe sprechen … Nicht wahr?«

»Gut«, sagte Maria Lwowna und küßte ihn auf die Stirne. Und der Kranke sah, daß ihre Augen gar nicht so zahm waren, wie sie ihm im ersten Augenblick erschienen.

Die platonische Charlotte

Charlotte Iwanowna kannte besser als irgend jemand den Sinn und das Wesen der »platonischen Liebe«. Sie hatte zwar nichts von Plato gelesen, und es ist sogar zweifelhaft, ob sie überhaupt etwas von seiner Existenz wußte; aber so oft sie an Ilja Petrowitsch die Frage richtete: »Wie nennt man eigentlich so ein Verhältnis, wie es zwischen uns besteht?« bekam sie regelmäßig die Antwort: »Das nennt man platonische Liebe«; und umgekehrt, auf die Frage: »Was ist eigentlich platonische Liebe?« pflegte Ilja Petrowitsch zu antworten: »Platonische Liebe? So nennt man ein Verhältnis, wie es zwischen uns besteht, Charlotte Iwanowna.«

Es war ihr also klar, daß platonische Liebe folgendes hieß: Beim Morgengrauen aufstehen, um auf den Markt zum Einkaufen zu gehen; aus der Vorstadt in die Morskaja-Straße rennen, um für Ilja Petrowitsch eine besondere Sorte französisches Weißbrot einzukaufen; mit Ehrfurcht auf ihn schauen, wenn er die Schülerhefte korrigierte; ihm Knöpfe annähen und Socken stopfen und, vor allem, in allen diesen Dingen eine Quelle allerdings wenig abwechslungsreicher, dafür aber unerschöpflicher Genüsse sehen. Die platonische Liebe erforderte natürlich Mut und Verachtung gegen die öffentliche Meinung. Wenn Charlotte Iwanowna dies vorher nicht gewußt hatte, so mußte sie es jetzt einsehen, da alle ihre Verwandten und Bekannten sich von ihr lossagten, nachdem sie zum alleinstehenden Herrn Weniaminow gezogen war. Und die wenigen Bekannten, die Ilja Petrowitsch hatte, behandelten sie wie ein Mittelding zwischen einer Haushälterin und einer Geliebten. Was hatte sie aber von dieser Liebe? Der Vorzug jeder Philosophie, darunter auch der griechischen, liegt eben darin, daß sie auf jede Frage eine Antwort zu geben vermag. Ilja Petrowitsch gab seiner Freundin auch auf diese Frage eine treffende Erklärung. »Die platonische Liebe ist eine Liebe, die nichts verlangt und ihr Glück darin findet, daß der geliebte Gegenstand existiert. Sonst braucht sie nichts.« Ilja Petrowitsch ließ dabei offenbar das französische Weißbrot, das Charlotte Iwanowna für ihn von der Morskaja-Straße holen mußte, außer acht. Jeder, der vom Wesen der platonischen Liebe einigermaßen unterrichtet ist, könnte Herrn Weniaminow gegen eine solche Definition dieses Gefühls manches einwenden; Charlotte Iwanowna vertraute ihm aber blind, und zu dem beglückenden Bewußtsein, daß der geliebte Gegenstand existierte, gesellte sich bei ihr auch ein gewisser Stolz, daß das Ganze einen so schönen und poetischen Namen habe.

Sie erinnerte sich noch gut an jenen Tag, an dem sie Ilja Petrowitsch zum erstenmal erblickt hatte. Sie war zu Weniaminow als Stenotypistin gekommen und hatte gar nicht erwartet, daß dieser Posten sich von jedem andern irgendwie unterscheiden würde. Selbst als sie Ilja Petrowitsch zum erstenmal sah, kam ihr diese Möglichkeit gar nicht in den Sinn. Sein Äußeres war ja recht sympathisch, aber auch nicht mehr als sympathisch: er hatte einen kurzen, lockigen Vollbart, trug eine goldene Brille und war recht groß gewachsen, obwohl etwas korpulent. Sie weiß selbst nicht, wie das geschah. Vielleicht war es das abgemessene, geschäftige und einsame Leben dieses Menschen, den sie für sehr klug hielt, was auf sie Eindruck machte. Außerdem war er ja sozusagen Literat, denn er schrieb manchmal Fachaufsätze für die »Monatshefte des Unterrichtsministeriums«. Ilja Petrowitsch behandelte sie mit jener zu nichts verpflichtenden Freundlichkeit, mit der er alle Menschen zu behandeln pflegte. Manchmal kamen zu ihm seine älteren Schüler, die sich ihm gegenüber sehr schüchtern und ehrerbietig benahmen, und Herr Weniaminow kam ihr in solchen Augenblicken als ein sehr gelehrter Professor, beinahe als der Goethesche Faust vor. Und was war sie, Charlotte Iwanowna in diesem Falle? Das blonde Gretchen? Bei diesem Gedanken wurde sie rot wie eine Kirsche; sie vertippte sich jeden Augenblick und hörte kaum, was Ilja Petrowitsch mit seiner freundlichen und belehrenden Stimme sagte. Es kam ihr als ein unerhörtes Glück vor, an diesem abgemessenen, erhabenen und schönen Leben teilnehmen zu können. Sie wagte natürlich nicht, daran auch nur zu denken, daß sie am geistigen Leben ihres Faust hätte teilnehmen dürfen; sie könnte aber besser als irgend jemand anderer sein Alltagsleben so gestalten, daß jenes andere Leben gleichmäßiger und freier dahinflösse. Es kam plötzlich und ganz von selbst. Eines Tages, als Charlotte Iwanowna vor der Maschine saß und etwas abschrieb, brachte das Dienstmädchen einen Pack Wäsche ins Zimmer, die soeben von der Wäscherin gekommen war. Charlotte Iwanowna hielt für einen Augenblick im Schreiben inne und warf einen flüchtigen Hausfrauenblick auf den weißen Haufen, auf dem zuoberst einige farbige Kleinigkeiten lagen; dann stand sie auf, sah sich jedes Stück einzeln an und setzte sich wieder an die Maschine.

»Ilja Petrowitsch, wer versorgt Ihre Wäsche?«

»Was meinen Sie, Charlotte Iwanowna?«

»Ich fragte: wer versorgt Ihre Wäsche?« wiederholte Charlotte Iwanowna, indem sie sich tiefer über die Maschine beugte.

»Wieso kommt es Ihnen in den Sinn? Ich weiß nicht, wahrscheinlich das Dienstmädchen.«

»Sie paßt schlecht auf. Das geht ja wirklich nicht: Sie haben so hübsche hellblaue Socken, und die hat sie Ihnen mit dicker, schwarzer Baumwolle gestopft!«

Charlotte Iwanowna mußte sich plötzlich schämen: es war ihr, als ob die Kenntnis von seinen hellblauen Socken ihn ihr näher gebracht hätte. Es ist unbekannt, ob auch Ilja Petrowitsch das gleiche Gefühl einer schamhaften Annäherung empfand, aber er antwortete mit einem Lächeln:

»Was kann ich tun? Es ist noch gut, daß sie sie überhaupt stopft. Was darf so ein alter Junggeselle wie ich verlangen?«

Er antwortete ihr ganz, wie es sich gehört: wie ein Mann, der zugleich schamhaft und streng ist, der nur aus Überfluß an Zärtlichkeit so trocken und kühn spricht und der sich schämt, nicht nur, daß er Socken, und dazu noch hellblaue Socken besitzt, sondern daß er überhaupt Füße hat.

Wie gut konnte ihn Charlotte Iwanowna verstehen!

Vor dem Weggehen sagte sie sehr schüchtern:

»Ich habe eine Bitte an Sie, Ilja Petrowitsch: gestatten Sie mir, daß ich Ihre Wäschestücke, die nicht in Ordnung sind, nach Hause mitnehme und flicke?«

»Das geht wirklich nicht, Charlotte Iwanowna! Warum sollen Sie sich mit meiner Wäsche abgeben?«

»Ich bin doch wirklich keine Prinzessin! Ich bin ja eine Deutsche, eine gut bürgerliche Deutsche und kann keine Unordnung sehen.«

Ilja Petrowitsch antwortete lächelnd:

»Ich glaube, Charlotte Iwanowna, daß Sie sich selbst verleumden, und daß in Ihrem Angebot Ihre deutsche Abstammung keine entscheidende Rolle spielt.«

»Nun ja, gewiß! Für jeden beliebigen Menschen würde ich es natürlich nicht tun. Sie verehre ich aber und kann Sie unmöglich so vernachlässigt sehen.«

Ilja Petrowitsch drückte ihr die Hand und sagte:

»Ich bin Ihnen sehr dankbar, wirklich sehr dankbar ... Und doch glaube ich, daß es nicht geht ...«

»Warum denn?«

»Schon aus dem Grunde, weil es bei Ihren Angehörigen Anstoß erregen kann.«

»Die werden sich darüber keine Gedanken machen; und wenn sie sich etwas denken, so ist es auch recht: ich habe mein eigenes Zimmer und werde die Arbeit nachts, wenn alle schlafen, machen.«

»Warum sollen Sie meinetwegen nachts aufbleiben?«

»Erlauben Sie es mir, Ilja Petrowitsch! Das wird so lustig sein! Ich werde unsere Katze zu mir ins Zimmer nehmen, und wenn alle schlafen, wird die Katze schnurren, und ich werde die Wäsche flicken und an Sie denken.«

Dieses Gespräch besiegelte das Schicksal Charlotte Iwanownas. Nach der Wäsche kam der Kaffee an die Reihe, der bei Ilja Petrowitsch schlecht zubereitet wurde; dann zeigte sie Interesse für seine Küche; wenn sie mit der Schreibarbeit fertig war, blieb sie noch einige Zeit da, um nach der Wirtschaft zu sehen; dann begann sie auch vor der festgesetzten Stunde zu kommen, wenn Ilja Petrowitsch noch schlief. Schließlich wurde es ganz klar: da sie sowieso den ganzen Tag bei Weniaminow steckte, so wäre es viel einfacher, wenn sie ganz zu ihm übersiedelte; ihre Eltern würde sie dann täglich besuchen. Diesem Plan setzten ihre Angehörigen einen ganz unerwarteten Widerstand entgegen. Charlotte Iwanowna verfügte aber nicht nur über echt deutsche Hausfrauentugenden, sondern auch über eine echt deutsche Energie. Außerdem ist es längst bekannt und erwiesen, daß gerade die ideellsten und abstraktesten Gefühle und Überzeugungen erstarken, wenn sie auf Verfolgungen und Schwierigkeiten stoßen.

Einige stürmische Szenen hatten zur Folge, daß Charlotte Iwanowna sich endgültig auf ihren Entschluß versteifte und sich zugleich als ein Opfer und als eine Heldin betrachtete.

»Schau nur, Tochter, du betrittst einen schlüpfrigen Pfad«, sagte der Vater, indem er sie in Hemdsärmeln zur Türe geleitete. Die Mutter, die als Frau etwas empfindsamer war, umarmte Charlotte und sagte: »Ich sehe, Lottchen, daß du ihn sehr gerne hast; nimm dich aber immerhin in acht!« Und Charlotte Iwanowna lief zu Herrn Weniaminow mit solcher Windeseile, als ob ihrer dort außer den geflickten Socken und dem verbesserten Kaffee eine Befreiung harrte.

Die Übersiedlung Charlottes änderte fast gar nichts an ihrer Lage, aber sie sanktionierte den bereits bestehenden Zustand. Nun erfuhr sie zum erstenmal, was platonische Liebe bedeutet und wie man solch ein Verhältnis, wie es zwischen ihr und Ilja Petrowitsch bestand, nennt. Ihre Eltern besuchte sie nicht so oft, wie sie ursprünglich beabsichtigt hatte; sie kam auch sonst fast mit niemand zusammen, so daß ihr Leben sich in einem sehr engen Kreise zwischen dem Kaffee und den Socken des Herrn Weniaminow und ihren schwärmerischen Gedanken an ihr schönes und erhabenes Los bewegte.

Außer ihrem Hang zu Schwärmereien, der sie übrigens durchaus nicht hinderte, eine klug erwägende und sogar sparsame Hausfrau zu sein, hatte Charlotte Iwanowna noch einen Fehler; sie lief leidenschaftlich gern Schlittschuhe. Sie stieß sich nicht daran, daß diesem Sport vorwiegend Backfische von durchschnittlich fünfzehn Jahren huldigten, und begab sich an jedem freien Vormittag, wenn Ilja Petrowitsch noch nicht nach Hause gekommen war, mit ihren blinkenden Schlittschuhen in der Hand ganz allein in den Taurischen Park. Es tat ihr sehr leid, daß sie keine Karte für die reservierte Abteilung der Schlittschuhbahn bekommen konnte, wo glückliche Auserwählte, elegante Offiziere und junge Mädchen, die von englischen Gouvernanten begleitet waren, laufen durften, und von wo aus man die Häuser der fernsten Straßen und das nebelige Abendrot hinter den Bäumen sehen konnte. Während Charlotte Iwanowna ihre schnellen Kreise auf dem Eise beschrieb, wurde sie immer kühner, und diese Kühnheit ging so weit, daß sie einmal die Bekanntschaft eines Studenten machte. Er war klein, hatte eine rosige Hautfarbe, einen flaumigen rötlichen Backenbart und ein spitzes Näschen. Er trug einen wattierten Mantel mit Pelzkragen und hieß Kolja. Charlotte Iwanowna erinnerte sich nicht mehr, wie sie seine Bekanntschaft gemacht hatte und wie es geschah, daß er sie jeden Tag, mit zwei Paar klirrenden Schlittschuhen in der Hand, nach Hause begleitete. Er war für sie völlig eins mit dem Begriff der Eisbahn, und sie merkte erst dann, daß er weder ein Wärmofen noch ein Zaun, noch das winterliche Abendrot war, als er ihr plötzlich, nachdem er sie bis vor die Haustür begleitet hatte, sagte:

»Ich wollte Ihnen schon längst sagen, Charlotte Iwanowna, daß ich Sie liebe.«

»Nein, nein, das dürfen Sie nicht!« unterbrach ihn Charlotte, ganz außer sich.

»Warum darf ich das nicht?«

»Weil ich einen anderen liebe!« antwortete Charlotte Iwanowna, während ihr Herz in einem seltsamen freudigen und stolzen Gefühl wie der Himmel im Abendrot erglühte. Sie merkte fast gar nicht, daß Kolja sein Näschen rümpfte, mit den Augen zwinkerte und etwas sehr schnell stammelte. Endlich verstand sie, was er sprach:

»Sie dürfen mir nicht verbieten, an Sie zu denken und geduldig zu warten ... Ich werde Sie platonisch lieben!«

»Nein, das dürfen Sie nicht!« rief Charlotte aus, indem sie die Haustüre hinter sich zuschlug.

Nun mied sie an die zehn Tage die Eisbahn; nicht weil sie Kolja zürnte, sondern weil sie sich in ihren vier Wänden am neuentbrannten und neuerblühten Bewußtsein ihrer herrlichen Liebe ergötzte. Sie erzählte Ilja Petrowitsch zunächst gar nichts von diesem Erlebnis, lief aber von nun an mit noch größerem Eifer in die Morskaja, um das bewußte Weißbrot einzukaufen. Um das beseligende Gefühl noch vollständiger zu durchkosten, mußte sie ihm schließlich doch von ihrer Freude erzählen. Sie fürchtete nur, daß dies als Prahlerei oder als ein Versuch, ihre Verdienste in den Vordergrund zu rücken, aufgefaßt werden könnte. Schließlich wählte sie einen Abend, an dem Ilja Petrowitsch besonders gutmütig aufgelegt war, und erzählte ihm von ihrem bescheidenen Roman. Herr Weniaminow faßte die Geschichte etwas gar zu scherzhaft auf.

»Ich gratuliere Ihnen, Charlotte Iwanowna, zu Ihrer Eroberung: ich weiß es natürlich wohl zu schätzen, daß Sie an mich denken; ich würde Ihnen aber dennoch raten, diesen jungen Mann nicht aus dem Gesicht zu verlieren.«

»Was brauche ich ihn? Sie wissen ja selbst, Ilja Petrowitsch, daß ich außer den Beziehungen, wie sie zwischen uns bestehen, gar nichts brauche.«

»Gewiß, ich weiß es und bin Ihnen sehr dankbar. Es war nur ein Scherz.«

»Sie sollten sich schämen, darüber zu scherzen!«

»Verzeihen Sie es mir, bitte. Um mein Vergehen gut zu machen, will ich Ihnen, wenn Sie es wünschen, zwei Neuigkeiten mitteilen.«

»Ich bitte Sie darum ...«

Ilja Petrowitsch ging einigemal durchs Zimmer, als ob er sich überlegte, welche Neuigkeit er zuerst auftischen sollte. Schließlich blieb er dicht vor Charlotte Iwanowna stehen und sagte:

»Erstens habe ich die Beförderung, die ich schon längst erwartete, bekommen.«

»Konnte es denn anders sein? Wenn man Ihren Geist und Ihre Verdienste mehr berücksichtigte, müßten Sie schon längst Professor sein.«

»Das ist Ihre Ansicht, meine liebe Charlotte Iwanowna. Andere Leute sind aber anderer Meinung. Mit einem Worte, ich habe die Beförderung und somit auch die Möglichkeit, ernsthaft ans Heiraten zu denken.«

»Nein, sprechen Sie nicht davon, ich vertraue Ihnen auch so!«

»Also gut, ich will davon nicht sprechen, obwohl ich unmöglich begreifen kann, warum Sie sich darüber so aufregen. Unsere Beziehungen werden ja die gleichen bleiben.«

»Nein, sprechen Sie jetzt bitte nicht davon. Ich bin zu glücklich.«

Ilja Petrowitsch sah sie erstaunt an und begab sich in sein Arbeitszimmer.

Am folgenden Nachmittag sagte Ilja Petrowitsch, gleichsam an das gestrige Gespräch anknüpfend:

»Nun, Charlotte Iwanowna, haben Sie jenen Studenten von der Eisbahn noch nicht wieder gesehen?«

»Nein. Wozu sollte ich ihn wiedersehen?«

»Das ist natürlich Ihre Sache, ich gewann aber aus Ihrer Erzählung den Eindruck, daß dieser junge Mann ... wie heißt er noch? ... Kolja, höchstwahrscheinlich ernste Absichten hat, und daß es von Ihnen vielleicht nicht ganz vernünftig ist, ihn abzuweisen. Ich schätze außerordentlich Ihre Anhänglichkeit und Ihre Hingebung, habe aber nicht die Absicht, Ihrem Glücke im Wege zu sein.«

»Mein Glück ist, immer in Ihrer Nähe zu sein! Ich brauche keinen Studenten. Und wenn ich Sie gestern bat, das Gespräch nicht mehr fortzusetzen, so nur darum, weil ich mich auch so grenzenlos glücklich fühle.«

Ilja Petrowitsch drückte Charlotte die Hand und fuhr etwas unruhiger fort:

»Offen gestanden, kann ich noch immer nicht verstehen, warum Sie sich darüber so aufregen. Alles wird beim alten bleiben, und ich bin überzeugt, daß meine zukünftige Gattin nichts dagegen haben wird, daß Sie bei uns wohnen bleiben. Ich habe schon mit ihr darüber gesprochen. Sie hat sogar den Wunsch, Sie kennen zu lernen.«

Charlotte Iwanowna schwieg.

»Ich glaube, daß diese Veränderung sogar zu Ihrem Besten ist: Sie haben soviel für mich getan, und der lächerliche Lohn, den ich Ihnen bisher zu zahlen imstande war, stand in gar keinem Verhältnis zu Ihrem Eifer und Fleiß. Nun bekomme ich eine Gehaltszulage, außerdem ist meine zukünftige Gattin nicht unbemittelt; wir werden also die Möglichkeit haben, unsere Erkenntlichkeit in vollerem Maße zu zeigen.«

Charlotte schwieg noch immer.

»Sehen Sie, ich bin so sehr um Sie besorgt, und mein Verhältnis zu Ihnen ist so selbstlos, daß ich Sie noch einmal an jenen jungen Mann erinnere: man soll sein Glück nicht so leichtsinnig verscherzen.«

Ilja Petrowitsch sah nach der Uhr.

»Ich freue mich sehr, daß Sie sich jetzt einigermaßen beruhigt haben. Unsere Beziehungen, die mir so teuer sind, werden dieselben bleiben. Zwischen uns besteht ja eine platonische Liebe, die nichts verlangt und ihr Glück darin findet, daß der geliebte Gegenstand existiert. Nicht wahr?«

Ilja Petrowitsch drückte Charlotte Iwanowna, die noch immer schwieg, freundschaftlich die Hand und verließ das Zimmer, ohne sich umzuwenden und ohne zu merken, daß seine platonische Freundin noch immer regungslos dasaß, den Blick auf ihre im Schoße gefalteten Hände gerichtet, ohne mit den Wimpern zu zucken und selbst ohne zu weinen.

Morgen gibt's schönes Wetter

Obwohl ich allgemein für einen Freund Oleg Kussows gehalten wurde, kam ich mit ihm kaum mehr als zwei- oder dreimal im Jahre zusammen. Alle diejenigen, die seinen unruhigen und leichtsinnigen Charakter kannten, mußten darüber staunen, daß sein Leben verhältnismäßig arm an Ereignissen und plötzlichen Wendungen war. So oft ich aber sein gutmütiges Gesicht mit dem eigensinnigen Ausdruck eines jungen Stieres sah, erwartete ich aus seinem Munde irgend etwas ganz Unerwartetes zu hören. Man hatte immer den Eindruck, daß in seinem Kopfe sich ein beliebiger Gedanke festsetzen könne, und daß dieser Gedanke sich nicht nur bis zu seinen äußersten Konsequenzen entwickeln, sondern auch dann noch in seinem Kopfe bleiben und wirken würde, wenn alle Konsequenzen zu Ende gingen, bis ihn ein anderer, und zwar direkt entgegengesetzter Gedanke verdrängte. Ich kann nicht genau sagen, warum unsere Freundschaft so lange währte, obwohl sie einen rein informatorischen Charakter trug. Wir hatten weder gemeinsame Interessen, noch gemeinsame Beschäftigungen, noch sonst etwas Gemeinsames. Mein Freund suchte mich einfach von Zeit zu Zeit auf und informierte mich über seine letzten Erlebnisse, als ob diese letzteren ohne seinen Bericht keinen Bestand hätten und einen beträchtlichen Teil ihres Reizes einbüßen müßten.

Nach einer solchen Berichterstattung pflegte er wieder für eine unbestimmte Zeit zu verschwinden. Die letzte Neuigkeit, mit der mich Kussow überraschte, war seine Heirat. Ich muß bemerken, daß meine Beziehungen zu ihm sich nur in der allerletzten Zeit auf die Kenntnis der Hauptereignisse seines Lebens beschränkten. Als wir zusammen auf die Schule gingen, kannte ich ihn näher und konnte manche Schlüsse über seinen Charakter und seine Denkweise ziehen. Ich muß daher zugeben, daß Oleg, trotz der Plötzlichkeit seiner Entschlüsse, sehr vernünftig handelte, als er gerade Warwara Petrowna Sperk, die ich von früher her kannte, zum Weibe auserkor. Sie war seit kurzem verwitwet und um etwa einehalb Jahre älter als mein Freund; sie vereinigte in ihrem Wesen eine echt russische Kühnheit und Schrankenlosigkeit mit einer durchaus unrussischen Halsstarrigkeit, die sie offenbar von ihrem ersten Gatten ererbt hatte. Es läßt sich nicht ohne weiteres sagen, wer von den beiden eigensinniger war; doch die Halsstarrigkeit Warwara Petrownas unterschied sich vom Eigensinn Olegs dadurch, daß sie stets eine vernünftige Begründung zu haben schien. Zudem verfügte sie über eine beneidenswerte Energie und schien dazu geboren zu sein, um Männer zu Heldentaten und großen Werken zu begeistern. Man stellte sie sich unwillkürlich als eine riesige Walküre auf irgendeinem deutschen Historienbilde vor, wie sie mit der Rechten einen in Tierhäute gehüllten Helden stützt und mit der Linken begeisternd in die Ferne weist. Die Hochzeit wurde nicht nach der allgemeinen Schablone gefeiert. Obwohl die beiden nicht unbemittelt waren, wurde die Trauung in einer ärmlichen Vorstadtkirche am Nachmittag vollzogen; nach der Trauung unternahm das junge Paar keinerlei Hochzeitsreise, sondern begab sich direkt in die neueingerichtete Wohnung, wo ein Imbiß für die allerintimsten Freunde vorbereitet war.

Ich war ganz zufällig in diese Gesellschaft hineingeraten. Obwohl draußen heller Tag war, der noch gar nicht daran dachte, in Dämmerung überzugehen, und durch die großen unverhängten Fenster volles Tageslicht hineinflutete, war in Olegs Wohnung das elektrische Licht eingeschaltet. Das Zwielicht paßte aber, ich weiß nicht warum, sehr gut zu den weißen Damentoiletten, den Frackhemden der Herren, dem Kristallservice auf der Tafel und ganz besonders zu der Neuvermählten, die größer und imposanter erschien, als alle Anwesenden. Warwara Petrowna zeigte ruhige Verträumtheit und sichere Freundlichkeit. Mir kam der Gedanke, daß eine solche Frau ihrem Gatten Schutz und Wehr in allen Lebenslagen bieten könne. Sie schien meinen Gedanken erraten zu haben: sie kniff ihre hellen, etwas hervorquellenden Augen zusammen, hob ihr mit topasgelbem Wein gefülltes Glas und sagte halblaut, indem sie sich an mich allein wandte:

»Wollen wir auf das Glück Olegs trinken! Ich kann diesen Trinkspruch um so ruhiger ausbringen, als ich fest davon überzeugt bin, daß er in Erfüllung gehen wird.«

Obwohl sie das gar nicht so leise sagte, erreichten diese Worte im allgmeinen Stimmengewirr nur das Ohr, für das sie bestimmt waren.

»Ich zweifle daran noch viel weniger als Sie«, erwiderte ich, indem ich gleichfalls mein Glas erhob. Das war wie eine geheime Verabredung.

Nach dieser Feier verlor ich Oleg natürlich wieder aus den Augen und sah ihn erst nach einem halben Jahre wieder. Er kam eines Tages zu mir und teilte mit, daß er nach Ägypten verreise.

»Soll das eine verspätete Hochzeitsreise sein?« fragte ich ihn. »Das ist nicht übel. Um diese Jahreszeit muß es dort herrlich sein. Aber die Reisen nach Ägypten sind in der letzten Zeit recht alltäglich geworden. Wenn du glaubst, daß du etwas Originelles vor hast, so ist auch diese Originalität etwas verspätet.«

»Ach, ich denke gar nicht daran, ob es originell ist oder nicht!« erwiderte Oleg etwas gereizt.

»Ist es dein eigener Einfall, oder nur ein Rat Warwara Petrownas?«

»Warwara Petrowna hat damit nichts zu tun, denn ich reise allein.«

»Allein? Deine Frau kommt nicht mit?«

»Ich verreise ja eben, um allein zu sein.«

»Na weißt du, das ist doch wirklich eine Kunst, sich mit Warwara Petrowna zu entzweien!«

»Ja, gewiß! Ich hatte mir früher dasselbe gedacht; nun stellt es sich heraus, daß sie genau so wie die anderen ist … Denke dir nur, was sie mir gesagt hat!«

»Was kann sie dir gesagt haben? Ich bin überzeugt, daß Warwara Petrowna nichts Dummes sagen kann. Daß sie dir irgendeine unangenehme Wahrheit gesagt hat, ist wohl möglich. Ich muß dir aber sagen, daß es gar nicht klug ist, seiner Frau so etwas übel zu nehmen.«

»Bis gestern war ich ja auch derselben Meinung. Alle werden jetzt natürlich sagen, daß ich launisch bin und nach Unmöglichem strebe. Ich kann es aber nicht ertragen, verstehst du mich, ich kann es einfach nicht ertragen!«

»Erkläre mir, um Gottes willen, was du nicht ertragen kannst und wodurch dich Warwara Petrowna so sehr empört hat?«

»Sie sagte: Morgen gibt's schönes Wetter.«

»Was?«

»Morgen gibt's schönes Wetter.«

Ich blickte Oleg erstaunt an und fragte mich, ob er nicht plötzlich verrückt geworden sei. Er fing meinen Blick auf und sagte schnell:

»Glaube nur nicht, daß ich verrückt geworden bin … nein! Wenn du alles erfährst, wirst du nicht einmal sagen, daß ich allzu empfindlich und argwöhnisch bin; du wirst begreifen, warum ich nach Ägypten und vielleicht nach einem noch ferneren Lande verreise. Du weißt besser als ich, was für ein Mensch Warwara Petrowna ist; was ich an ihr am meisten schätzte, war, daß sie in keiner Beziehung banal war … Natürlich war das nicht der einzige Grund, warum ich sie lieb gewann; sie gefiel mir eben. Doch später entzückte mich an ihr gerade diese Eigenschaft. Jeder Tag unseres Zusammenlebens war für mich wie ein neues, unbekanntes, unerschöpftes, himmlisches Geschenk. Dieses Gefühl wurde immer mächtiger bis zu jenem Tag, an dem ich meine Abreise beschloß. Nichts schien auf eine solche Wendung und auf die Möglichkeit eines Bruches hinzuweisen. Das geschah vorgestern. Du weißt noch, vorgestern war ein herrlicher Tag. Wir hatten beschlossen, ihn wie ein verliebtes Paar zu verleben; als ob wir nicht legitime Ehegatten mit einem geordneten Hausstande wären, sondern ein Liebespaar, das nur heimlich für wenige Augenblicke zusammenkommen kann und dem ein ganzer Tag (ein so unendlich langer und dabei doch so entsetzlich kurzer Tag!) wie ein Märchen erscheinen muß. Ich will zugeben, daß wir diesen Tag durchaus nicht auf irgendeine besonders originelle Weise verbrachten; wir verstanden aber, der uralten, abgeschmackten Form einen neuen, berauschend schönen Inhalt zu geben. Es war also nichts Besonderes; wir fuhren spazieren, aßen auswärts zu Mittag und gingen abends in den ›Tristan‹. Was kann banaler sein als solch ein Tag? Und doch erschien er uns wundervoll und war wohl auch in der Tat wundervoll. Als wir aus der Oper nach Hause kamen, setzte sich meine Frau, so wie sie war, im Abendkleide vor den Flügel und begann leise ›Isoldes Liebestod‹ zu spielen. Die ganze Seele des vergangenen Tages, unsere ganze Liebe schien in diesen schmachtenden, gedämpften Tönen zu atmen. Wir gingen ans Fenster, zogen den Vorhang zurück und blickten auf den Kanal hinaus. An solchen heiteren Herbstabenden erscheint mir Petersburg nicht als die nordische russische Stadt, sondern als ein Verona, wo verliebte Rivalen wohnen, und ich habe dann immer den Eindruck, daß nicht der Winter im Anzuge sei, sondern ein Frühling, ein Sommer der Gefühle und des Lebens. Ohne es selbst zu merken, beugte ich mich zu meiner Frau und drückte ihr einen Kuß auf die entblößte Schulter. In diesem Augenblick hörte ich die Worte: ›Morgen gibt's schönes Wetter.‹ An diesen Worten ist ja an sich nichts Besonderes: sie zeugen nur von einer übertriebenen Aufmerksamkeit äußeren Vorgängen gegenüber, von einer gewissen Zerstreutheit, vielleicht auch von Müdigkeit; was ist denn dabei? Doch in jenem Augenblick erschienen sie mir – und ich bin überzeugt, daß ich sie gerade in jenem Augenblick richtig einschätzte –, erschienen sie mir so entsetzlich, sie vernichteten so gründlich unsern ganzen Tag und unsere ganze Liebe, daß ich ihr, ohne auch nur einen Augenblick zu überlegen, erwiderte: Ja, morgen gibt's schönes Wetter, und ich will verreisen.‹ Was weiter kam?! Nun, selbstverständlich großes Erstaunen, ein Schwall von Fragen und Erklärungen ... Ich muß übrigens anerkennen, daß Warwara Petrowna ihre Fassung sehr schnell wieder gewann und sich überhaupt mit großer Würde und edlem Anstand benahm. Sie machte sogar keinen Versuch, mich zu überreden; doch jener Augenblick, als wir am Fenster standen, paralysierte in meiner Vorstellung alle ihre Handlungen, wie die früheren, so auch die gegenwärtigen.

Daraus, daß ich auf solche Bagatellen achtete, folgt selbstverständlich, daß meine Liebe nicht groß genug war, daß meine Frau mir einfach zu wenig gefiel. Du wirst doch zugeben, man liebt einen Menschen nicht ›weil‹, sondern ›trotz‹. Einen Menschen lieben, ›weil‹, das kann ein jeder, und erfordert keine besondere Tiefe des Gefühls. Die echte Liebe wird aber nur an einem ›trotz‹ erprobt ...«

Nach diesem Besuch war mein Freund wieder verschwunden, offenbar für lange Zeit, vielleicht auch für immer. Ab und zu teilte er mir und Warwara Petrowna kurz mit, daß er am Leben sei und sich da und da aufhalte. Seine Frau lebte als Strohwitwe, und ich mußte wirklich staunen, mit welcher Würde und Ruhe und wie tapfer sie alles hinnahm. Vielleicht hatte auch sie ihren Mann nicht genügend lieb; vielleicht wäre es natürlicher, wenn sie ihn anflehte, bei ihr zu bleiben oder zurückzukehren, oder wenn sie ihm nachreiste; ihr Benehmen war vielleicht ein wenig zu gefühllos; aber auch, so wie es war, erschien es mir schön.

So vergingen der Winter, das Frühjahr und der Sommer, und es kam wieder die Zeit, wo Petersburg meinem Freund als ein verliebtes Verona erschien. An einem solchen Abend, als ich weder zum Ausgehen noch zum Arbeiten Lust hatte, las ich in einer alten Beschreibung einer italienischen Reise und dachte unwillkürlich an meinen Freund, dessen maßlose Empfindlichkeit ihn zu so seltsamen und unerwarteten Handlungen verleitet hatte. Gleichsam als Antwort auf meine Gedanken ging im Vorzimmer die Klingel, und mein Ärger darüber, daß ich aus meinem melancholischen Nichtstun herausgerissen wurde, ging schnell in Erstaunen und Freude über, als ich im späten Gast meinen Freund Oleg Kussow erkannte. Gegen seine Gepflogenheit teilte er mir nach der ersten Begrüßung nichts Neues mit; er saß vielmehr schweigend da, während ich an ihn einige vorsichtige und schüchterne Fragen richtete. Ich konnte mich nicht entschliessen, ihn ohne Umschweife zu fragen, was geschehen war, und meine Fragen beschränkten sich auf seine Reise, auf die er so viele Hoffnungen gesetzt hatte.

»Ja, ja«, sagte er mit großer Hast. »Du hast natürlich erraten, daß ich zu dir gekommen bin, um dir alles zu berichten. Ich pflege dir ja immer etwas Neues zu erzählen, das kommt ganz von selbst. Heute werde ich dir von meiner Reise erzählen. Ach Gott, diese Reise! Ich meine natürlich nicht die Reise, sondern das, was ich erlebte und was mich wieder hergeführt hat. Ich brauche dir wohl nicht zu sagen, welchen Eindruck auf mich Ägypten gemacht hat; denn jede Erzählung würde dir falsch und erdacht scheinen.

Anfangs lebte ich genau so, wie Hunderte von Touristen, und glich wohl am ehesten einem Ethnographen. Aber allmählich begann ich mich dort wie ein Eingeborener zu fühlen: ich hatte ja nicht mehr die Last der Konventionen zu tragen, vor denen ich geflohen war. Wenn auch nur zwei Menschen zusammenleben, gibt es immer Konventionen und Fesseln, und das nennt man bürgerliche Gesellschaft; in Ägypten sind aber die Sitten, wenn auch ein wenig von europäischen Einflüssen angehaucht, noch immer so kindlich primitiv, daß man an ihre uralte religiöse Herkunft denken muß. Endlich fand ich das, was ich vor allen Dingen suchte. Ich suchte Liebe und fand daher sehr bald ein arabisches Mädchen, das ich lieb gewann. Sie war Christin und trug als solche den wenig poetischen Namen Melanie. Sie war aber nicht so schwarz, wie man nach diesem Namen schließen könnte. Trotz aller romantischen Gepflogenheiten war sie weder Tänzerin noch Paukenschlägerin in einer Schenke. Sie war ein einfaches Bauernmädchen. Ich kannte mich in den dortigen Verhältnissen noch nicht so gut aus, daß ich die Dorfaraber von den in den Städten ansässigen unterscheiden könnte; ich konnte nur die sehr Reichen unterscheiden, die in ihren Wohnungen mechanische Klaviere und Öldruckbildnisse des Präsidenten der französischen Republik und der Generale des Russisch-Türkischen Krieges haben. Ich konnte Melanie nicht heiraten; ich zahlte einfach die Summe, die man von mir verlangte, und nahm sie zu mir ins Haus als Geliebte.

Sie war Christin, und niemand nahm an unseren Beziehungen Anstoß. Ich selbst war ein unschuldsvoller und leidenschaftlicher Knabe geworden, und alle meine Wünsche und Gedanken stimmten fast immer mit den ihrigen überein. Ich ergötzte mich an den unschuldigsten Zerstreuungen, an ihren Liedern, die aus nur drei oder vier Tönen bestanden, am Dambrettspiel, an ihrer Koketterie und an unsern langen

Liebesnächten. Ich lernte ihre Sprache verstehen und brachte ihr mit Mühe einige russische Sätze bei. Anscheinend hatte ich nun die Sicherheit, daß sich in die wenigen Töne, aus denen unser Lebenslied bestand, kein Mißton einschleichen würde, der mich an jenes Leben erinnern könnte, vor dem ich geflohen war. Ich machte natürlich nicht den Versuch, ihr diesen Gedanken klar zu machen, obwohl ich oft das Bedürfnis hatte, es in wenigen leichtverständlichen Worten zu tun. Als wir einmal von einem längeren Spaziergange heimgekehrt waren, traten wir auf das flache Dach unseres Hauses, auf dem mehrere Pflanzen in Töpfen und Kübeln standen; es sah wie ein kleiner Hausgarten aus. Das Haus ging nach Osten; ohne den Sonnenuntergang zu sehen, konnten wir vom Dache aus beobachten, wie die ihm gegenüberliegende Hälfte des Himmels allmählich in einem blaßvioletten, beinahe phosphoreszierenden Lichte erstrahlte. Ich umarmte meine Freundin und sagte ihr, daß ich sie noch niemals so geliebt hätte wie an diesem Abend. ›Ich liebe dich so sehr‹, sagte ich ihr, ›weil du ein Kind bist, weil du gleichsam erst eben auf die Welt gekommen bist und zugleich doch seit jeher gelebt hast. Du läßt dir deine Handlungen weder von irgendwelchen Gesetzen noch von deiner schlummernden Vernunft vorschreiben, sondern einzig und allein von deinem Herzen, welches nur zu lieben versteht …‹

Ich sprach noch lange zu ihr, und Melanie hörte mir zu, eng an mich geschmiegt und ab und zu meine Schulter küssend. Schließlich richtete sie sich auf, umarmte mich, küßte mich auf den Mund und sagte: ›Morgen gibt's schönes Wetter …‹«

Zwecklose Erfolge

1.

Heute schien alles verrückt geworden zu sein: die Sonne, der Wind, die Straßen und die Menschen. Nach einer trüben, regnerischen Woche zerriß plötzlich der graue Schleier, der heitere Himmel kam zum Vorschein, und der Wind polterte mit den Türen und Fensterläden und raste die Stiegen von den Dachböden hinunter; die Federn auf den Damenhüten waren ganz zerzaust; die Scheiben der Schaufenster glänzten, und in ihnen spiegelten sich die Wolken und die Vögel, so daß man auf den ersten Blick nicht recht wußte, wo der Himmel und wo sein Spiegelbild war; alles schien sich in einem Riesenrade, wie es im Wiener Prater steht, zu drehen. Leute, die vorbeigingen und vorbeifuhren, waren zugleich an verschiedenen Orten zu sehen, die Automobilhupen sangen wie die altmodischen Posthörner, ein Regiment Soldaten zog mit seiner Messingmusik vorüber, und die Schweife der Pferde stiegen im Winde empor wie Fontänen.

Es war ein Feiertag, an den Häusern flatterten Fahnen, und die wirklichen Springbrunnen in den Anlagen bespritzten, vom Winde bewegt, das Publikum. Der Fluß, der sich noch nicht daran gewöhnen konnte, frei von Eis zu sein, flimmerte blau und weiß.

Viktor sprang aus dem Bett, trat ans Fenster und rief:

»Hurra! Mein Wunsch geht in Erfüllung. Seit vierzehn Tagen warte ich auf diesen Tag, und nun ist er angebrochen!«

Er hatte schon die Absicht, dem Diener zu läuten, erinnerte sich aber, daß seine Eltern verreist waren und er sich ganz allein in der Wohnung befand, wo die Möbel in grauen Leinenüberzügen steckten und die schlechten Bilder mit Mull verhangen waren. Die Uhr stand still, doch an einer Ecke des großen Tisches im Eßzimmer stand bereits sein Frühstück: Kaffee und eine Buttersemmel, das ihm die Portiersfrau hinaufgebracht hatte: das bedeutete, daß es zehn Uhr war.

Viktor hatte tatsächlich auf einen solchen Tag gewartet und auf ihn die größten Hoffnungen gesetzt. Jelisaweta Petrowna versprach ihm vor zwei Wochen, am ersten schönen Tag mit ihm einen Ausflug, entweder mit dem Dampfschiff die Newa hinauf oder mit der Eisenbahn in die Umgebung Petersburgs zu machen und einen ganzen Tag mit ihm zu verbringen; dieser Gedanke machte aus seinem Herzen ein ebenso lustiges Karussell, wie das, das er eben aus dem Fenster beobachtete. Ach, er hatte Jelisaweta Petrowna fast ebenso lieb, wie seine Bücher und seine Träume; vielleicht liebte er sie nur aus dem Grunde, weil sie in keinem Widerspruch zu den von ihm gelesenen Romanen und zu seinen Traumbildern stand.

Er schmiedete keinerlei Zukunftspläne, hatte aber auch keine Angst vor der Zukunft: er war an Erfolge gewöhnt. Das Glück verfolgte ihn tatsächlich auf Schritt und Tritt. So war es auch mit diesem Tag: er hatte ihn so sehnsüchtig erwartet, und nun war er da. Allerdings kam er erst nach vierzehn regnerischen Tagen; aber das ist doch nebensächlich. Die Hauptsache ist, daß er kam. Viktor konnte kaum erwarten, daß es elf schlug: vor elf durfte er ja Jelisaweta Petrowna nicht abholen. Er sagte dem erstaunten Portier lachend und freudestrahlend Guten Morgen, sprang in die erste beste Droschke und beeilte sich, so schnell als möglich im allgemeinen Trubel unterzutauchen. Es war ihm, als ob die Sonne, der Wind, die glänzenden Fensterscheiben, die blitzenden Trompeten, die Springbrunnen, Pferdemähnen, Flaggen und der Fluß sich in ihm selbst befänden. Vor den schwankenden Landungsstegen warteten Dampfer mit weißen Schornsteinen auf lustige und verliebte Passagiere. Er raste schon die Treppe hinauf, als ihm der Portier wieder hinunterrief:

»Sie wollen auf Numero fünf?«

»Ja. Warum?«

»Die Herrschaften sind seit Montag fort.«

»Fort? Wohin? Haben sie die Wohnung gewechselt?«

»Nein, sie wohnen noch immer hier. Aber sie sind für den ganzen Sommer aufs Land verreist, ins Smolensker Gouvernement.«

»Auch Jelisaweta Petrowna?«

»Alle sind fort, auch das Fräulein.«

Warum flatterten dann die Fahnen, warum spielten die Soldaten den lustigen Marsch?

2.

Viktor war so niedergeschmettert, daß ihn anscheinend nichts in der Welt zu zerstreuen oder zu trösten vermochte. Alles, was ihn früher so lustig und freudig stimmte, war jetzt wie ein unerträgliches Hohnlächeln. Er gab sich kaum Rechenschaft darüber ab, welche Richtung er eingeschlagen hatte, und kam erst dann zur Besinnung, als er die weißen Schornsteine der auf Passagiere wartenden Dampfer erblickte. Gleichsam um Salz auf seine Herzenswunde zu streuen, blieb er vor einem der Landungsstege stehen und sah zu, wie auf dem Verdeck eine dicke Dame zwei kleine Mädchen mit Schokolade fütterte, wie ein Hündchen die vorbeisausenden Automobile anbellte und wie zwei einfache Frauen in Kopftüchern mit einem sonnenverbrannten Landgeistlichen sprachen.

»Wenn du auf einem schwimmenden Restaurant zu Mittag essen willst, so wollen wir doch lieber zum Alexanderpark gehen. Ich gehe eben hin.«

Viktor wandte sein Gesicht langsam dem Sprechenden zu und erkannte mit einiger Mühe seinen Freund Iwan Pawlowitsch Kosakow.

»Was hast du, Viktor? Du siehst so fürchterlich blaß aus. Hast du irgendeine unangenehme Nachricht bekommen?«

»Eine Nachricht? Ja, gewiß!«

Viktor fiel es eben ein, daß er in der Tasche einen Brief von seiner Schwester hatte, in dem sie ihm schrieb, daß sie krank daniederliege und ihn bitte, für etwa zwei Wochen zu ihr nach Kaluga zu kommen. Das fiel ihm erst eben ein, und vor ihm tauchte plötzlich das Bild seiner Schwester Tanja mit dem runden Gesicht, der Stutznase und den lachenden Augen auf, zu denen die Vorstellung, daß sie krank sein könne, so gar nicht paßte; um so mehr als sie sich niemals beklagt hatte. Er fühlte plötzlich ein starkes Verlangen, sie zu sehen, und sagte durchaus aufrichtig:

»Ja, mich hat ein Brief von meiner Schwester so aufgebracht. Sie ist nicht ganz wohl und bittet mich, zu ihr zu kommen.«

»Na also, fahre doch hin. Das wird dir gar nicht schaden. Du sitzt so lange in der Stadt und siehst Gott weiß wie aus.«

»Ich würde gern hinfahren. Mich hält aber ein ganz einfacher und lächerlicher Grund zurück: ich habe augenblicklich kein Geld.«

»Unsinn! Braucht man denn viel Geld, um nach Kaluga zu reisen? Wenn du willst, kann ich dir das Geld verschaffen.«

»Du erweist mir damit einen großen Gefallen.«

»Das ist also erledigt, und nun komme mit mir essen und suche dich ein wenig zu zerstreuen. Welchen Wein wollen wir nehmen?«

»Heute habe ich Lust, Saint-Perré zu trinken.«

»Warum gerade Saint-Perré? Hier bekommen wir ihn sicher nicht.«

»Vielleicht bekommen wir ihn doch. Das soll eine Frage an das Schicksal sein: wenn wir diesen Wein bekommen, so wird alles gut.«

»Ich möchte dir nicht raten, solche Versuche zu machen. Ich kann dir im vorhinein sagen, daß wir auf einem schwimmenden Restaurant keinen Saint-Perré bekommen. Du brauchst dir also dadurch die Laune nicht verderben zu lassen.«

Iwan Pawlowitsch hatte natürlich recht. Sie bekamen keinen Saint-Perré und mußten einen ganz gewöhnlichen Chablis trinken. Als sie schon weggehen wollten, kam der Oberkellner mit einer länglichen, verstaubten Flasche hinauf.

»Es ist ein ganz ungewöhnliches Glück, Herr: ganz zufällig fand sich eine Flasche von der Sorte, nach der Sie fragten. Wie durch ein Wunder ist uns diese eine Flasche geblieben. Befehlen der Herr, sie aufzumachen?«

Viktor nahm die mit Staub und Spinngewebe bedeckte Flasche in die Hand, drehte sie unschlüssig hin und her und sagte:

»Nein, warum soll man sie jetzt aufmachen! Wir haben ja schon gegessen. Bewahren Sie sie bitte bis zu unserem nächsten Besuch auf.«

3.

Nach einigen Tagen erhielt Viktor ein Billett von Jelisaweta Petrowna, in dem sie ihr Bedauern darüber ausdrückte, daß sie mit ihrer Familie so plötzlich hat abreisen müssen, daß sie von ihm nicht einmal Abschied nehmen konnte; im Postskriptum hieß es: »Wegen des versprochenen Ausfluges brauchen Sie sich keine Sorgen zu machen; glauben Sie nur nicht, daß ich Sie angeführt habe. Ich werde nächstens für etwa drei Tage in die Stadt kommen und bei dieser Gelegenheit mein Versprechen einlösen, wenn Sie es noch nicht vergessen haben.«

Wie konnte er es auch vergessen haben! Er dachte ja an nichts anderes. Und dann dieses Glück: er war eben im Begriff, an allem zu verzweifeln, und plötzlich dieser unerwartete Erfolg! Es hätte allerdings noch viel schöner sein können: denn Jelisaweta Petrowna kam gerade an einem solchen Tag, wo der Himmel bewölkt war und es regnete.

Eine Dampferfahrt die Newa hinauf wäre bei solchem Wetter gar zu trist; außerdem hatte sie keine Zeit für einen so umständlichen Ausflug. Viktor ließ aber seinen Mut nicht sinken. Statt der Newafahrt schlug er einen Ausflug nach Sjestorezk vor, wohin sie sich, statt in einer schwankenden Kajüte, in einem rüttelnden Eisenbahnwagen begaben. Durch die Fenster des Speisewagens sahen sie die Regentropfen auf das bleiche Meer fallen, das viel heller als der Himmel erschien; aber im Herzen Viktors war der gleiche freudige Wind und das gleiche Beben, wie an jenem glücklichen Tage. Er suchte sogar nach künstlichen Analogien, um alle diese äußeren Erscheinungen im günstigsten Sinne zu deuten. Er sagte:

»Dieser Regen ist wie ein Frühlingsschauer: er läßt alles erblühen und zu einem neuen Leben auferstehen: die Blätter, die Blumen und das Gras!«

»Sie sind ein unverbesserlicher Träumer, Viktor! Woher wissen Sie, daß es gerade ein solcher Regen ist, wie er Ihnen paßt? Vielleicht ist es ein Landregen, nach dem nur Fliegenschwämme wachsen.«

Viktor wurde etwas verlegen, wollte aber nicht nachgeben.

»Nein, es ist ein guter Regen, und Sie sind schlecht, Jelisaweta Petrowna; jetzt reden Sie gar von Fliegenschwämmen.«

»Von nichts rede ich! Sie reden da von einem Frühlingsschauer, und ich meine, der Regen ist ein ganz gewöhnlicher Landregen.«

Der Augenblick schien für eine Liebeserklärung ungünstig; Viktor gab daher alle allegorischen Andeutungen auf und sprach mit ihr weiter so einfach und natürlich wie mit einem Freund.

In Sjestorezk hatten sie eigentlich nichts zu suchen. Darum kehrten sie bald in die Stadt zurück, um den Abend in irgendeinem Sommertheater zu verbringen. Sie gingen noch zu Jelisaweta Petrowna hinauf, und, während sie sich fürs Theater umkleidete, saß Viktor im Salon und spielte auf dem Klavier, das nach Formalin roch, einen Walzer nach dem andern.

»So, jetzt bin ich fertig!«

Noch niemals war ihm Jelisaweta Petrowna so schön und begehrenswert erschienen.

»Warten Sie, habe ich meinen Hausschlüssel mitgenommen?« sagte sie, nachdem sie die Wohnungstüre hinter sich zugeschlagen hatte. Es stellte sich heraus, daß sie wie den Hausschlüssel, so auch ihre Geldbörse vergessen hatte. Der Portier schickte den Hausmeister die Dienerschaftstreppe hinauf, um die Wohnung von innen aufzusperren und die Herrschaften hereinzulassen.

»Ich weiß gar nicht, warum ich heute so zerstreut bin«, sagte Jelisaweta Petrowna, als sie in Erwartung des Hausmeisters auf einer Fensterbank im Treppenhause saßen.

»Vielleicht sind Sie eben darum so hübsch, weil sie zerstreut sind. Sie sind mir noch niemals so hübsch und so lieb vorgekommen!«

»Wenn sie mir Komplimente machen wollen, so muß ich bemerken, daß Sie dazu den ungeeignetsten Augenblick gewählt haben.«

»Ich will Ihnen gar keine Komplimente machen, ich will nur sagen, daß ich Sie ernsthaft und aufrichtig liebe.«

»Ja, das weiß ich, ich habe Sie ja auch recht gern.«

»Ich meine es nicht so. Ich sage, daß ich Sie liebe, Jelisaweta Petrowna!«

»Sie wollen sagen, daß Sie in mich verliebt sind?«

»Das würde mein Gefühl nur ungenau wiedergeben. Was ich Ihnen gegenüber empfinde, ist viel tiefer und für mich bedeutsamer.«

»Sie machen mir also eine Liebeserklärung?«

»Ja!«

»Ich glaube, es kommt irgendwo bei Tschechow vor, daß jemand eine Liebeserklärung auf der Treppe macht. Das mag ja recht romantisch sein, aber ich finde, daß der Ort für eine solche Aussprache wenig geeignet ist.«

»Ich weiß nicht, ob es bei Tschechow oder nicht bei Tschechow vorkommt, aber ich liebe Sie und warte auf Ihre Antwort.«

»Wollen wir hinaufgehen, gerade wird die Tür aufgemacht.«

Als sie wieder in der Wohnung waren und Jelisaweta Petrowna den Schlüssel und die Geldbörse gefunden hatte, sagte sie ganz unerwartet:

»Wissen Sie was, Viktor? Nehmen Sie es mir nicht übel, ich will nicht ins Theater gehen. Ich bin furchtbar müde, muß morgen noch vieles erledigen und habe obendrein Kopfweh.«

»Ist unser Gespräch daran schuld, daß Sie Kopfweh haben?«

»Nein, nein. Ich bin einfach müde und habe zu viel Wein getrunken.«

»In diesem Falle darf ich wohl noch ein wenig bei Ihnen bleiben?«

»Sie sind wirklich komisch: ich werde ja gleich zu Bett gehen. Morgen um drei werden wir uns wiedersehen.«

»Und welche Antwort wollen Sie mir geben?«

»Ich will Sie nur bitten, es mir nicht übel zu nehmen und nicht zu glauben, daß ich über Sie lachen könnte. Ich danke Ihnen für alles, was Sie mir gesagt haben.«

4.

Viktor war so aufgebracht, daß er, als er nach Hause kam, im ersten Augenblick gar nicht merkte, daß auf seinem Tische zwei Briefe lagen. Was konnten das für Briefe sein? Von wem? Existierte denn überhaupt jemand in der Welt? Niemand und nichts durfte existieren! Natürlich existierte aber mancherlei: die verlassene Wohnung, die Stadt, der Himmel, der sich eben aufzuheitern begann, und die beiden Briefumschläge auf dem Tisch. In einem der Umschläge lag Geld, das ihm Kosakow gebracht hatte, und im andern ein langer Brief von seiner Schwester, die ihm mitteilte, daß ihr Zustand sich verschlechtert habe und daß sie am nächsten Tage, solange sie sich noch auf den Beinen halten könne, nach Petersburg kommen wolle, um einen Arzt zu konsultieren.

»Ich schreibe es dir in aller Eile, damit du nicht inzwischen nach Kaluga reist, so daß wir einander verfehlen.«

Viktor mußte diesen Brief zweimal lesen, ehe er seinen Sinn erfaßte: so ferne waren seine Gedanken von seiner Schwester, von Kosakow und von allem in der Welt.

Der vom Regen reingewaschene Neumond hing schief über einer nahen Kirchenkuppel.

»Was soll ich also tun? Ich will nun versuchen, ohne Liebe durchs Leben zu kommen, wie zum Beispiel Kosakow. So ist es vielleicht amüsanter, und man fühlt sich freier. Ich möchte wetten, daß er jetzt in einem Varieté sitzt; dann wird er mit irgendeinem Mädel soupieren und sie morgen vergessen. Sie wird nicht den geringsten Einfluß auf sein Leben haben.«

Verschiedene Romane fielen ihm ein, in denen von solchen abgestumpften Lebemännern die Rede war. Das könnte sogar recht poetisch werden! Vielleicht war es auch ein Wink des Schicksals, das ihm zugleich eine Absage und das Geld, das nun überflüssig war, schickte. Das konnte man ja schließlich auch als einen Erfolg auffassen.

Zu seinem Erstaunen wandte sich niemand nach ihm um, als er zugleich mit anderen Leuten das Sommeretablissement betrat. Das banale rosa Licht der Lampions fiel auf die fensterlose Mauer eines Nachbarhauses. Die Gipsbüsten Tschaikowskijs und Fonwisins blickten höchst selbstgefällig von ihren Sockeln herab. Die Soldaten auf dem Orchesterpodium blähten mit komischem Ernst ihre rasierten Backen auf, indem sie irgendeinen schmachtenden Walzer bliesen. Die Mädchen blickten auf die fliederfarbene Leuchtfontäne und dachten an das Souper.

Viktor achtete fast gar nicht auf das Gesicht seiner Dame und gab sich Mühe, so wenig als möglich zu sprechen und dann auch nur von solchen Dingen, die für ihn nur in diesem Augenblick Bedeutung hatten, und die er bis morgen vergessen haben würde. Sie war geschminkt, doch nicht abstoßend, sprach ohne schlüpfrige Anzüglichkeiten und schien nicht übermäßig habgierig: das war alles, was Viktor brauchte.

Er hatte auch für keinen Augenblick das Bewußtsein, daß er sich amüsiere, und eilte nach Hause, gleichsam um eine verdammte Pflicht zu erfüllen. Er spürte weder Gewissensbisse, noch Ekel, noch einen inneren Zwiespalt; das Ganze kam ihm nur so furchtbar uninteressant vor.

Als er mit ihr beim Morgengrauen heimfuhr, kam ihm plötzlich der Wunsch, ihr zu erzählen, wie er als Knabe einmal den Sommer in Finnland verbracht hatte und jeden Morgen zum Meere baden ging. Dann fiel ihm aber ein, daß diese Erzählung ihn irgendwie binden würde und dadurch ein wenn auch noch so schwaches Band zwischen ihm und seiner Begleiterin entstehen könnte. Darum beschränkte er sich auf die Bemerkung:

»Vor Sonnenaufgang geht immer dieser Wind. Ist Ihnen nicht kalt? Wir sind übrigens gleich da.«

Sie wollte Sorglosigkeit und Frivolität heucheln; als sie aber merkte, daß ihr Begleiter es gar nicht verlangte, gab sie jede Mühe auf und wurde gleichgültig, sachlich und ein wenig langweilig.

Als es im Vorzimmer klingelte, dachte Viktor im ersten Augenblick, daß es ein Telegramm von seiner Schwester sei: sie ist sicher tot! Draußen auf der Treppe stand aber im ersten Morgenlichte Jelisaweta Petrowna.

»Sie sind natürlich über meinen Besuch erstaunt und schockiert. Warten Sie einen Augenblick, ich will Ihnen alles sagen. Wenn es erlaubt ist, eine Liebeserklärung auf der Fensterbank im Treppenhause zu machen, so sollte es auch erlaubt sein, die Antwort auf eine solche Erklärung um sieben Uhr früh zu geben. Wollen Sie mir vielleicht gestatten, daß ich eintrete?«

Viktor schwieg und hielt das Ganze für einen Traum. Vor lauter Aufregung sprach Jelisaweta Petrowna viel zu trocken, beinahe böse:

»Ich hatte wirklich Kopfschmerzen, als ich Sie bat, mich allein zu lassen, doch später ... Ihre Worte hatten mich zu sehr aufgeregt. Ich konnte die ganze Nacht nicht einschlafen und mußte immer an Sie denken. So entschloß ich mich, jedem Anstand zum Trotz, Sie in aller Frühe aufzusuchen. Ich will Ihnen sagen, daß ich Ihre Liebe erwidere und daß ich Sie schon seit längerer Zeit liebe. Sie werden mir zugeben, daß unsere Liebeserklärungen einer gewissen Originalität nicht entbehren ... Lieber Viktor, was ist mit Ihnen? Warum sagen Sie nichts?«

Sie fing die Richtung auf, nach der Viktor starrte, und blickte gleichfalls hin. Auf dem grauen Leinenüberzug eines Sessels lag eine weiß und braun gestreifte Bluse und daneben ein Hut, an dessen zwei Zipfeln kleine Bündel künstlicher Kirschen baumelten. Jelisaweta Petrowna errötete, richtete ihren Blick auf Viktor und sagte:

»Ich hatte von Kind auf die Angewohnheit, alles zur möglichst unpassenden Zeit zu tun. So ist es auch jetzt. Ich hoffe, Sie werden diskret sein. Unsere Aussprache und mein Besuch bei Ihnen soll für alle ein Geheimnis bleiben, und womöglich auch für Sie selbst.«

Der Rivale

1.

Als sie einen Blick auf die Visitenkarte geworfen, die ihr der Zeitungsjunge gebracht hatte, huschte eine ärgerliche Grimasse wie ein Schlänglein über ihre Züge. Ihr Gesicht nahm aber gleich darauf den normalen, etwas gelangweilten und selbstbewußten Ausdruck an, den ich seit meiner Ankunft im Badeorte, also seit drei Tagen bewunderte. Sie war nicht unbekannt, hieß Cécile Garnier, hatte sich ins Fremdenbuch als Schauspielerin eingetragen, kam aus Rom und suchte offenbar in diesem kleinen, reinlichen Städtchen, das durch einen hohen Berg vor rauhen Winden geschützt war, wie die übrigen Fremden Erholung. Ich traf sie niemals beim Brunnen, obwohl sie recht kränklich aussah. Vielleicht traf ich sie auch aus dem Grunde nicht, weil ich selbst nicht zur Kur, sondern nur um die Menschen zu fliehen, hergekommen war. Vielleicht suchte auch sie Einsamkeit und wies daher alle Besuche, wie auch diesen ab. Allerdings war sie so aufgeregt, daß ich annehmen mußte, es sei kein ganz gewöhnlicher Gast gewesen, den sie eben abgewiesen. Ich hörte zum erstenmal ihre eigentlich recht gewöhnliche Stimme, als sie dem Jungen mit scheinbarer Ruhe sagte:

»Ich habe Ihnen ein für allemal gesagt, daß ich für diesen Herrn niemals zu sprechen bin. Sie brauchten mir seine Karte gar nicht zu bringen.«

Ich folgte dem Zeitungsjungen, der mit einer stummen Verbeugung hinausging. Im Vestibül stand ein schlanker junger Mann mit glattrasiertem Gesicht und traurigen dunklen Augen. Er trug einen grauen Reiseanzug, einen grünen Filzhut und gelbe Gamaschen. Vielleicht war er zu Pferde gekommen. Der Junge suchte ihm vergeblich etwas klarzumachen, er gab aber nicht nach.

»Ich weiß ganz bestimmt, daß Madame Garnier hier in diesem Hotel abgestiegen ist.«

»Ich bestreite es ja gar nicht. Sie wohnt wirklich hier, und Sie können ihren Namen im Fremdenbuche sehen, da steht er: Cécile Garnier. Sie ist aber augenblicklich nicht zu Hause.«

»Sie kommt wohl bald zurück: sie ist doch noch nicht abgereist. Ich will warten.«

»Vielleicht bleibt sie aber lange aus.«

»Mir ist es gleich. Ich habe genügend Zeit und bin ja fast nur um ihretwegen hergekommen.«

»Ganz wie Sie wünschen!«

Der Herr setzte sich der Türe zum Lesesaal gegenüber.

»Wollen der Herr vielleicht in den Salon hinübergehen? Eine Treppe höher? Der Herr wird es dort bequemer haben. Sobald Madame Garnier zurück ist, werde ich es dem Herrn melden.«

»Ich sitze auch hier bequem. Darf ich in den Lesesaal?«

»Der wird neu gestrichen ...«

Ich rief den Jungen auf die Seite und fragte ihn, wer dieser Herr sei. Das einzige, was er mir sagen konnte, war, daß der Herr Bruck hieß. Irgendwo läutete es, und der Junge lief davon.

2.

Am nächsten Tage wiederholte sich die gleiche Geschichte. Herr Bruck pflegte offenbar seine Ziele mit großer Energie zu verfolgen. Madame Garnier war sehr aufgeregt und flüsterte vor sich hin: »Mein Gott! Was will er bloß von mir?«

Ich hielt es für angebracht, sie in diesem Augenblick anzusprechen, und sagte:

»Wie kann nur ein Mensch so zudringlich sein, wenn man ihm bedeutet hat, daß sein Besuch unerwünscht ist?!«

»Er ist mir in der Tat höchst unerwünscht!«

»Die Schuld trifft eigentlich auch die Direktion des Hotels, die wohl nicht imstande ist, Ihrem so unzweideutig ausgesprochenen Wunsche Rechnung zu tragen.«

Sie zuckte die Achseln.

»Was kann die Direktion dagegen tun? Es ist ja meine Privatangelegenheit.«

»Sie könnten sich ja auch an die Polizei wenden.«

Madame Garnier verzog etwas das Gesicht und sagte:

»Ich habe Gründe, die Polizei aus dem Spiele zu lassen.«

Ich verstand sofort, daß ich soeben eine Dummheit gesagt hatte. Ich wollte mein Vergehen wieder gutmachen und beging eine womöglich noch größere Dummheit.

»Natürlich, wenn Sie Ihren Vater, Bruder oder Gatten bei sich hätten, so wären Sie diesen zudringlichen Menschen sehr schnell los.«

»Höchstwahrscheinlich.«

»Vielleicht wollen Sie mir gestatten, mit Herrn Bruck zu sprechen?«

»Sie sind aber weder mein Gatte, noch mein Bruder oder Vater! Sie sind nicht einmal mein Freund.«

Ich hätte in die Erde versinken können, aber die Dame fuhr lächelnd fort:

»Worüber würden Sie denn mit ihm sprechen?«

»Ich würde ihn nur ersuchen, Ihre Wünsche zu respektieren, und sonst nichts. Ich habe durchaus nicht die Absicht, mich Ihnen als Vertrauter aufzudrängen.«

Irgendein listiger Gedanke huschte wie eine Schwalbe durch ihre Augen, und Cécile Garnier erschien für einen kurzen Augenblick als eine echte Französin, und nicht als die stolze und, trübsinnige Dame, als die ich sie bisher gesehen hatte.

»Gut. Wenn Sie so freundlich sein wollen, so reden Sie doch wirklich mit Herrn Bruck. Ich brauche Sie nicht einmal um Diskretion zu bitten: Sie wissen ja von nichts und können daher gar nicht indiskret sein.«

3.

Ein Zufall verschaffte mir Gelegenheit, Herrn Bruck früher, als ich es erwartet hatte, zu sprechen. Mein Gespräch mit Madame Garnier, der listige Ausdruck, der einen Augenblick lang in ihren Zügen lag, ihr sonst so stolzes Wesen, die romantische und traurige Geschichte, deren Einzelheiten ich mir in den glühendsten Farben ausmalte – all das regte mich auf und erhitzte meine Phantasie.

Ich ging eine abgelegene Straße entlang, wo ich nur Bauern aus den Nachbardörfern beggenen konnte; die Fremden waren ja entweder leidend oder viel zu vornehm, um ihre Spaziergänge über den Kurpark hinaus auszudehnen, obwohl die Gegend idyllisch schön, wenn auch ebenso süßlich wie die meisten deutschen Landschaften war.

Die Straße ging langsam bergauf, an einem niedlichen Bach entlang. Unten auf der Wiese bimmelten ab und zu Kuhglocken. Ein Regenbogen überspannte den ganzen Himmel, und darunter drehten kleine Windmühlen ihre Flügel. Bauernweiber mit aufgesteckten Röcken gingen barfuß und trugen ihre Schuhe in der Hand.

Ich bemerkte Bruck erst, als ich ganz dicht vor ihm stand. Er saß auf einem Steine am Straßenrande und schrieb etwas in sein Taschenbuch, den Blick ab und zu auf die Landschaft richtend. Ich glaubte, daß er Verse schrieb, und er tat mir etwas leid. Erst als er sein Buch in die Tasche gesteckt hatte, sprach ich ihn an.

»Herr Bruck, ich muß Ihnen sagen, daß Madame Garnier Ihre Besuche höchst unangenehm findet.«

Der junge Mann sah mich mit einigem Erstaunen an und sagte so einfach und sachlich, wie sonst Verliebte niemals sprechen:

»Meine Zudringlichkeit ist mir selbst unangenehm, doch ich weiß wirklich nicht, was ich mit der Dame anfangen soll.«

»Sie sollen sie in Ruhe lassen!«

»Das wäre gegen meine Interessen.«

»Wie können Sie an Ihre Interessen denken? Läßt sich denn ein echtes und tiefes Gefühl mit irgendwelchen Interessen vereinbaren?«

Bruck schwieg eine Weile und sagte:

»Nein, ich will trotzdem noch den Versuch machen, Madame Garnier zu sprechen.«

»Sie werden den Versuch nicht machen; und selbst wenn Sie ihn machen, werden Sie doch nichts erreichen.«

»Wer kann das wissen?«

»Ich versichere Ihnen, alle Ihre Schritte werden zu nichts führen.«

In den Augen des jungen Mannes leuchtete etwas wie Hoffnung auf, als er mich fragte:

»Sind Sie mit Madame Garnier verwandt?«

»Nein«, antwortete ich, wobei ich, ich weiß nicht warum, errötete. »Doch ich spreche mit Ihnen mit ihrem Wissen.«

»Hat sie Sie vielleicht beauftragt, mir noch etwas zu sagen?«

»Nein, nur daß sie Sie nicht mehr zu sehen wünscht. Ich kann Ihre Erbitterung wohl begreifen, glaube aber nicht, daß Sie irgend etwas ertrotzen können. Sie wissen ja, niemand hat Gewalt über ein Frauenherz.«

»Ich verstehe Sie nicht ganz. Ich verlange von ihr ja nur das, worauf ich ein Recht habe.«

»Derartige Rechte werden stets aus freien Stücken gewährt und zurückgenommen.«

»Gewiß, ich habe ja auch wirklich keinerlei juristische Rechte.«

»Nun sehen Sie es selbst ein. Und was würden Sie tun, wenn Sie der Gatte der Dame wären?«

»Dann würde ich sie natürlich in Ruhe lassen.«

»Ihr Standpunkt ist recht originell!«

»Wieso?«

»Ihre Denkweise gefällt mir beinahe, und doch muß ich Sie ersuchen, entweder diese Stadt zu verlassen, oder keine weiteren Versuche zu machen, eine Begegnung mit Madame Garnier herbeizuführen.«

»Das kann ich Ihnen nicht versprechen.«

»Schön. In diesem Falle nehme aber ich die Sache in die Hand, und Sie können versichert sein, daß ich Ihnen nicht gestatten werde, der Dame auch nur auf drei Schritte nahe zu kommen.«

Bruck zuckte die Achseln.

»Jedermann verteidigt doch seine Interessen.«

»Ja, aber niemand darf dabei fremde Interessen verletzen.«

»Ich glaube, Sie verstehen mich nicht ganz.«

»Ich verstehe Sie sogar sehr gut!«

»Ich will einfach ...«

»Es ist mir ganz egal, was Sie wollen. Ich sagte Ihnen schon, was Madame Garnier will, und betrachte die Frage als erledigt.«

»Ganz wie es Ihnen beliebt.«

Wie dumm doch so ein zurückgewiesener Liebhaber sein kann, besonders wenn er noch trotzig wird: der Mensch verliert in solchem Falle den letzten Funken von Verstand! So war es jetzt auch mit diesem Bruck. Er sah ja gar nicht so dumm aus, benahm sich aber wie ein vollkommener Idiot!

4.

Bruck schien für einige Tage verschwunden zu sein. Eines Tages sah ich ihn aber wieder, wie er mit einem großen dicken Herrn, anscheinend einem Österreicher, sprach. Es war im Vestibül unseres Hotels.

Gerade in diesem Augenblick ging Cécile zufällig zum Lift und schenkte mir im Vorbeigehen ein so entzückendes Lächeln, daß mir das Blut in den Kopf schoß. Ich ging entschlossen auf Bruck zu und sagte ihm durch die Zähne, über meine eigene Kühnheit staunend:

»So benimmt sich nur ein Schuft! Ja, ich wiederhole es, Sie sind ein Schuft, und ich bin bereit, es mit jeder beliebigen Waffe zu beweisen.«

Bruck sah mich erstaunt an.

»Sie verzeihen: wenn ich Sie richtig verstanden habe, fordern Sie mich zu einem Duell. Ich kann die Forderung nicht annehmen, da ich mit Waffen nicht umzugehen weiß.«

»Was soll ich also tun, damit Sie verschwinden? Oder wollen Sie vielleicht Geld?«

»Wie meinen Sie das?«

»Vielleicht kann ich Ihnen eine Geldsumme anbieten, damit Sie uns in Ruhe lassen?«

Der junge Mann schwieg.

»Wieviel?« fragte ich ihn, mit Mühe das in mir plötzlich aufsteigende Ekelgefühl überwindend.

»Ich meine, die Summe sollte Ihnen bekannt sein: zehntausend Franken«, sagte Bruck sehr lebhaft.

Meine Verachtung erstreckte sich beinahe auch auf Madame Garnier, weil sie einem so verächtlichen jungen Mann irgendwelche Herzensrechte hatte einräumen können. Ich gab ihm auf der Stelle einen Scheck über die verlangte Summe und begleitete ihn ins Bureau, wo er sich in meiner Gegenwart eine Fahrkarte, und zwar nach Genf, löste.

5.

Ein Gewitter war im Anzug, und ich konnte lange nicht einschlafen. Schließlich begab ich mich in den dunklen Hotelgarten und ging in der Allee, in die das Fenster von Madame Garniers Zimmer hinausging, auf und ab. Jeden Augenblick stieß ich auf Jasminbüsche, die betäubend dufteten. In weiter Ferne zuckten blaue Blitze: es sah so aus, als ob jemand mit einem Zündholz über eine feucht gewordene Schachtel striche. Plötzlich durchzuckte den Himmel ein greller Blitz von längerer Dauer, doch ohne Donner, und ich sah, wie das Fenster bei Madame Garnier aufging. Im gleichen Augenblick sah ich eine männliche Gestalt in der Richtung zum offenen Fenster vorbeihuschen. Der Blitz hatte mit seinem phantastischen Lichte nicht nur die ganze Gegend, sondern auch meine Gedanken erleuchtet. »Bruck ist natürlich gar nicht abgereist«, sagte ich mir, »er hat mich angeführt, hat bis jetzt im Garten gelauert und das zufällig geöffnete Fenster entdeckt; nun will er mit Gewalt erzwingen, was er mit seiner Zudringlichkeit nicht hat erreichen können.«

Es war das Werk eines Augenblicks, mich auf den jungen Mann zu stürzen und ihn am Kragen zu packen. Da ich einen Skandal vermeiden und Madame Garnier nicht unnütz beunruhigen wollte, führte ich den Kampf schweigend. Mein Gegner schwieg gleichfalls, offenbar aus dem gleichen Grunde. Und noch mehr als das: er bemühte sich sogar, während der Kampfes sein Gesicht zu verdecken, obwohl es nicht mehr blitzte, und schwarze Wolken über den Bäumen dahinglitten. Er war viel stärker, als ich hätte annehmen können, und ich begann ihm zu unterliegen; ich dachte nicht mehr an einen Angriff und beschränkte mich auf Verteidigung. Plötzlich hörte ich Madame Garnier leise, doch deutlich sagen:

»Mein Gott, das ist doch schließlich zu dumm!«

Ich hob meinen Blick zum Fenster. Mein Gegner benützte den Augenblick, wo meine Aufmerksamkeit nicht mehr auf ihn gerichtet war, und verschwand im Dickicht. Auch Cécile war hinter dem Fenster verschwunden, in dem sich nur noch die letzten schwachen Blitze spiegelten.

6.

Die ersten Worte, die Madame Garnier an mich am nächsten Morgen richtete, waren:

»Erklären Sie mir, was das alles zu bedeuten hat!«

»Ich wollte Sie vor den unangenehmen Begegnungen mit jenem Herrn schützen ...«

»Ja, Sie erreichen aber damit nur das, daß ich die Begegnung mit Ihnen für eine der unangenehmsten halten werde, die ich je im Leben hatte. Was soll ich jetzt meinem Manne sagen? Sie werden doch zugeben müssen, daß es etwas peinlich ist, vor dem Fenster seiner Frau einen ungebetenen Beschützer zu treffen!«

»War es denn ihr Gemahl?«

»Gewiß. Er ist erst gestern aus Rom gekommen. Das Schloß in seiner Zimmertüre war verdorben, und da er so spät keinen Schlosser finden konnte, machte er den Versuch, zu mir durchs Fenster zu gelangen; unsere Zimmer liegen im Parterre und auf dem gleichen Korridor.«

»Und ich glaubte, es sei Bruck gewesen.«

»Bruck? Was hat der bei mir zu suchen?«

»Das weiß ich natürlich nicht.«

»Hören Sie einmal, auch Vermutungen sollen ihre Grenzen haben! Außerdem ist Bruck plötzlich verschwunden, ich glaube gar, er ist abgereist. Ich kann unmöglich begreifen, warum er nicht die Ankunft meines Mannes abgewartet hat, der ihm doch sicher meine Schuld von zehntausend Franken bezahlt hätte. Ich wollte ursprünglich die Sache vor meinem Mann verheimlichen, mußte ihm schließlich aber doch alles sagen. Und dieser komische Bruck verschwindet gerade in dem Augenblick, wo sein Wunsch hätte in Erfüllung gehen können!«

»War er also nur Ihr Gläubiger?«

Madame Garnier lächelte.

»Gewiß. Er ist der Vertreter eines großen Geschäftshauses. Ich weiß zwar, daß die gesellschaftliche Position eines Menschen in Liebesangelegenheiten nicht die geringste Rolle spielt, aber Bruck dachte ganz gewiß an keinen Roman mit mir. Auch machte ich wohl auf ihn nicht genügend Eindruck.«

Nach einer Pause fügte sie hinzu:

»Wir wollen uns aber nicht zanken! Ich bin Ihnen immerhin dankbar, daß Sie mich von diesem Bruck erlöst haben.«

Wieder glitt ein Lächeln über ihre Lippen, und es ist mir auch heute nicht bekannt, ob Madame Garnier weiß, daß ich ihre Schuld beglichen habe.

Ein Ehebruch

Den 5. Juli.
Der Traum der letzten Nacht rief in meiner Erinnerung wieder alles wach, was ich so gerne vergessen möchte. Will ich es denn auch wirklich vergessen? Ganz gewiß, und doch denke ich seit drei Jahren an nichts anderes. Das ist beinahe mein Lebensziel. Wie seltsam: mein Lebensziel ist etwas, was ich für immer vergessen will! Ja, eben weil ich es wissen will, weil es meine Ruhe und mein Gewissen verlangt. Ich rufe jenes seltsame und unangenehme Gefühl tagtäglich in meinem Gedächtnisse wach, um mich gleichsam für immer davon zu befreien. Es ist sehr grausam gegen mich selbst, aber ich kann nicht anders.

Unsere Kleine war noch nicht auf der Welt; ich war erst seit einem Jahre mit Artur verheiratet. Er mußte nach Amerika, um dort seine Geschäfte zu liquidieren. Ich wollte nicht einmal diese paar Wochen ohne ihn sein und entschloß mich zu der beschwerlichen und langweiligen Reise über den Ozean. Die entsetzliche Katastrophe, die sich mit der »Königin Maud« zugetragen hat, ist jedermann bekannt; unter den Passagieren dieses Schiffes befanden sich auch mein Mann und ich. Es geschah beim ersten Morgengrauen, als alle noch schliefen. Die Schlaftrunkenheit der Passagiere vergrößerte natürlich die Gefahr, stumpfte aber zugleich das Gefühl für sie etwas ab: viele hielten die Wirklichkeit für eine Fortsetzung eines schweren Traumes. Die am Leben Gebliebenen mußten etwa acht Stunden auf der Seitenfläche des Schiffskörpers verbringen: das Schiff hatte sich auf die Seite gelegt und ging allmählich unter. Ein Teil der Passagiere wurde von den Wellen fortgespült, und den Rest nahm ein kleines Kohlenschiff auf, das zur Hilfe herbeigeeilt war; diese acht Stunden waren natürlich viel entsetzlicher als die vielen Jahre Zuchthaus, zu denen der Kapitän später verurteilt wurde. In diesen ausgelassenen, aller moralischen und religiösen Konventionen entkleideten Augenblicken hätte man ausgezeichnet das egoistische, feige und heldenhafte Wesen der Menschen studieren können; wenn nur jemand dabei gewesen wäre, der nicht die letzten Spuren des Interesses für äußere Vorgänge verloren hätte. Die Panik und der Schrecken wurden von einem ganz ungewöhnlich dichten Nebel vergrößert, der uns sogar die Möglichkeit nahm, zu sehen, ob uns irgendein Schiff zur Hilfe kam. Wir waren wie blinde neugeborene

Katzen, die man in einem Korbe ins Wasser geworfen hat. Ich kann mich noch erinnern, wie Artur aus dem Bette sprang, die Fensterscheibe entzweischlug und mir half, aus der Kabine auf die Seitenfläche des Schiffes zu steigen; seit diesem Augenblick sah ich ihn nicht mehr. Meine Erinnerungen an diese Stunden sind verworren wie ein zerrissener und falsch zusammengesetzter Kinofilm. Von unten her kommt eine eigentümliche Wärme ... »Königin Maud« brennt wohl innen ... Ich halte mich an einem Schornstein fest; vielleicht ist es auch gar kein Schornstein; jedenfalls ist es etwas aus Metall. Natürlich ist es kein Schornstein ... Plötzlich schießen Sonnenstrahlen durch den Nebel ... ein allgemeiner Aufschrei, den ich nie vergessen werde; wahrscheinlich kehrte mit der Sonne auch die Besinnung wieder. Dicht neben mir murmelt eine nackte Frau französische Gebete. Schon ist sie verschwunden ... Ich strecke jemandem meine Hand entgegen. Es wird immer wärmer ... Hilferufe. Artur, Artur! Ein Männerarm hält meinen Hals umfaßt. Dicht vor meinen Augen sehe ich einen Oberarm mit einem seltsamen Muttermal in Form eines Halbmondes. Das Schiff brennt offenbar ... Ein seltsames Gefühl. Weder vorher noch später habe ich je ähnliche Wollust empfunden. Wir gehen ja sowieso zugrunde. Ich küsse und schmiege mich immer fester an ihn ... Ich sehe nur den braunen Halbmond. Um uns her bewegen sich durchnäßte Menschen ... ich glaube zu schlafen. Wollust und Entsetzen durchdringen mich bis in mein tiefstes Innere. Erst als wir uns beide gerettet auf dem Kohlenschiffe befanden, sah ich Artur wieder. Sobald ich mich außer jeder Gefahr wußte, fühlte ich mich plötzlich unsagbar schwach. Ich brach in Tränen aus, umarmte meinen Mann, und meine Augen suchten durch das Tuch seines Ärmels einen braunen Halbmond zu erspähen. Es war also kein Traum gewesen.

Von da an floß unser Leben wieder normal und glücklich dahin; vielleicht sogar glücklicher als zuvor, soweit es nach den überstandenen Schrecken möglich war. Die Geburt des Kindes befestigte unsere Liebe, vergrößerte aber zugleich meine Unruhe. Heute, nach drei Jahren, sehe ich alles so klar vor mir, als ob es erst gestern geschehen wäre. Der letzte Traum hat in mir alle diese Erinnerungen wieder wachgerufen, ohne aber etwas davon abzuschwächen, was ich so gerne vergessen möchte.

Den 7. Juli.

Heute morgen überredete ich Artur, mit mir zur Ruderregatta hinauszufahren. Daran ist natürlich nichts Auffallendes: er ist ja Engländer und kann mein Interesse für diesen Sport wohl verstehen: aber meine Unruhe macht auch ihn unruhig. Ich bin imstande, stundenlang am Badestrande zu sitzen. Wenn ich älter wäre, würde man mich wohl für ein schamloses Frauenzimmer mit zügelloser Phantasie halten. Ich ärgere mich, wenn die Ruderjacken die Arme nicht frei lassen. Immer suche ich nach dem braunen Halbmond. Vielleicht ist es eine fixe Idee, aber ich glaube, daß, wenn ich jenen Menschen wiedersehe, ich mich sofort beruhigen und ihn für immer vergessen werde. Ich habe mir ein außerordentlich starkes Fernglas angeschafft, unter dem Vorwande, daß ich kurzsichtig sei. Es gelingt mir nicht immer, meine Erregung, die nach jedem mißlungenen Versuch noch größer wird, vor Artur zu verbergen. Ich sah weder das lustige Ufer der Themse, die sich in einer leichten Brise kräuselte, noch das elegante Publikum, noch die bunten Wimpel der Boote. Mein Fernglas zeigte mir nur eine Reihe vor Schweiß glänzender, brauner, weißer und rosiger, glatter und behaarter, angespannter und ruhender Arme; ich hielt sie im Gedächtnisse fest, als ob mein Gehirn sich in eine photographische Platte verwandelt hätte. Ich sah nicht einmal die Gesichter der Ruderer, denn ich fürchtete, meinen Blick über die Oberarme zu heben. Hätte ich einen Halbmond entdeckt, so müßte ich mir wohl für immer das Gesicht jenes Mannes einprägen, den ich für meine ganze Unruhe und für die schwere Last, die ich zu tragen habe, verantwortlich mache. Und so hatte ich das Gefühl, als ob mich jedes Paar Arme ebenso umschlänge, wie damals auf dem Schiffe.

»Wir wollen nach Hause, Artur«, sagte ich traurig. »Ich bin müde.«

»Du bist so furchtbar nervös geworden .... Vielleicht hat es einen besonderen Grund.«

Der arme Artur bildet sich wohl ein, daß ich wieder im Begriff bin, Mutter zu werden. Oh, wenn er die wahre Ursache meiner Unruhe wüßte! Ich muß noch bemerken, daß ich mit Artur niemals über den Untergang der »Königin Maud« spreche: es ist wie ein stummes Übereinkommen, jene tragischen Erinnerungen nicht zu wecken. Als ich einmal vor zwei Jahren die Rede darauf brachte, traten Artur Tränen in die Augen, und er sagte: »Kleine Kate, ich weiß, daß du mir das Leben gerettet hast. Wir wollen aber davon nicht sprechen.« Da ich auch selbst seine Fragen fürchtete, versuchte ich gar nicht, ihn nach dem Sinn dieser mir unverständlichen Worte zu fragen.

Den 9. Juli.

Artur kehrte soeben aus der Stadt zurück, als ich mit der Kleinen im Garten war. Wir besahen uns wie immer die Rosenbüsche und suchten nach neu aufgegangenen Blüten. Die Kleine hatte ein weißes Kleidchen an und nackte Knie; so oft sie eine neuaufgegangene Knospe entdeckte, klatschte sie vor Entzücken mit den Händen. Am Himmel schwamm träge ein großer Wolkenfetzen, der die Gestalt eines Halbmondes hatte. Die Kleine blieb plötzlich stehen; sie schrie und sprang nicht, sondern rief mich ganz leise herbei:

»Mama Kate!«

»Was ist, Schatz?« fragte ich, meinen Blick von der Wolke losreißend.

Die Kleine zeigte mit ihrem kleinen Finger auf eine große schwarze Rose.

»Wir müssen es dem Papa sagen, er hat immer auf diese Rose gewartet!«

»Ja, Schatz, wollen wir zum Papa gehen«, sagte ich, unruhig zum Himmel emporblickend.

Die Kleine lief voraus und schwatzte:

»Wir wollen ihm nichts sagen, wir wollen ihn nur herbringen, damit er sie selbst sieht, ja?«

»Ja, ja, so wollen wir es machen.«

Artur hatte sich wohl eben seine kalte Abreibung gemacht und war im Begriff sein Hemd zu wechseln. Als ich ihn im Spiegel sah, blieb ich wie angewurzelt stehen, stürzte mich dann zu ihm hin und drückte mein Gesicht an seinen Arm, auf dem ich den braunen Halbmond entdeckte.

»Kate, Kate, was ist mit dir?« flüsterte er, mit den Augen auf die Kleine zeigend.

»Wenn du nur wüßtest, wie glücklich ich heute bin, Artur!«

»Papa hat ja auch eine schwarze Rose am Arm, sie ist nur noch nicht aufgegangen. Nicht wahr, Mama Kate?«

»Ja, gewiß, mein Kind. Deine Mama Kate ist sehr dumm. Vielleicht noch dümmer als du.«

Ich gab Artur keine Erklärung über diesen plötzlichen Ausbruch. Es ist aber wirklich dumm, daß ich meinen Mann noch niemals unbekleidet bei Tageslicht gesehen habe. Ich wäre von dieser ganzen Unruhe und Seelenqual verschont geblieben, wenn ich gewußt hätte, daß ich ihm niemals untreu gewesen bin. Natürlich hatte ich auch in jener Stunde, als ich den Tod vor Augen sah, unbewußt die mir so vertraute Umarmung meines Mannes erkannt. Es ist aber seltsam, daß ich später in seinen Umarmungen niemals jene fremden Arme mit dem braunen Halbmond auf der blassen Haut wiedererkannte.

Die Kugel im Beet

1.

Verzerrt, doch ungemein lieblich spiegelte die grüne Glaskugel im Astern- und Flammenblumenbeet alle nächsten Gegenstände wider: den von Sträuchern eingefaßten freien Platz vor der Veranda, die Verandatüre, die beiden Bänke und die Lebewesen, die gerade über den freien Platz gingen. Der Anblick war um so belustigender, als alle diese Dinge zierliche Bewegungen ausführten: die Wolken schwammen, die Vögel jagten vorbei – eine ganz eigene Welt schien im ewigen grünlichen Mittag des Glases zu wohnen, an die mechanische Schönheit der sich darin spiegelnden Gegenstände gemahnend.

Auf der dem Hause entgegengesetzten Seite wuchs ein dichter Busch, der die Bank, die in seinem Schatten stand, samt den auf ihr sitzenden Personen vor fremden Blicken schützte und alle weiteren Spiegelungen vereitelte. Und das war schade: man hatte den Wunsch, in den gleichen winzigen Ausmaßen auch alle Gartenwege zu sehen, das Feld hinter dem Garten, das ganze Bosketkinsche Haus und die Birkenallee, die zum Hause der Poluklassows führte; und auf allen diesen Wegen und Plätzen sollten sich winzige Menschlein bewegen, sich begrüßen, zanken und küssen; über ihnen sollte aber eine winzige strahlenlose Sonne, so grün und klein wie eine Erbse, leuchten, und aus den Wolken, die die Farbe des welken Laubes hätten, sollten dünne Blitze schießen ...

Eine Kugel ist eben eine Kugel und erinnert stets an einen Globus, folglich an die Welt und an alles Existierende. Doch der grünen Glaskugel im Asternbeet war es beschieden, nur solche Ereignisse zu spiegeln, die sich auf dem freien Platz vor dem Hause und auf der Bank vor dem Busche abspielten, verzerrt, doch ungemein lieblich.

Jetzt spiegelten sich darin die Gesichter Shenjas und Shenitschkas, die einander fast berührten. Sie betrachteten interessiert ihre in die Länge gezerrten grünen Fratzen und begannen plötzlich gleichzeitig zu lachen, wobei die Spiegelbilder ihre Münder bis zu den Ohren aufrissen. Um im verkleinerten Maßstäbe etwas bemerkbar zu machen, muß man es eben übertreiben.

»Die dumme Kugel!« sagte Shenitschka.

»Sie ist gar nicht dumm! Das darfst du nicht sagen! Außerdem gehört sie uns, und du mußt sie schon aus dem Grunde lieb haben.«

Das Mädchen streichelte die runde Kugelfläche, als ob es eine Glatze wäre. Das sah sehr graziös und verführerisch, doch aus irgendeinem Grunde etwas unanständig aus. Der junge Mann konnte sich nicht länger beherrschen und küßte die streichelnde Hand am Ellenbogen. Shenja nahm ihn lachend bei den Ohren, zog seinen Kopf zu sich heran und küßte ihn auf den Mund, immer noch nach dem drolligen Spiegelbilde schielend. Im Bilde strebten die Lippen ganz ungeniert einander entgegen. Shenitschka merkte es anscheinend gar nicht und drückte seine Lippen an die des Mädchens züchtig, fest und ohne Komplikationen.

Plötzlich erschien oben auf der Kugel eine lila Schleife.

Die Verliebten setzten sich schnell auf die Bank, ohne ihre Hände voneinander zu lösen und die Lippen loszureißen: sie fürchteten, daß der Abschluß des Kusses von einem zu lauten Knall begleitet sein würde. Sie blickten erschrocken und zugleich belustigt. Shenja deutete mit den Augen auf den plötzlich auf der Kugel erschienenen Kopfschmuck: »Es ist die Mama!« Shenitschka trennte seine Lippen behutsam von den ihrigen und holte Atem. Die Stimmen kamen bald näher und entfernten sich bald wieder – Frau Bosketkin und Frau Poluklassow spazierten auf und ab.

»Die schönste Zierde Ihres Gartens ist natürlich diese Kugel: sie erfreut ungemein das Auge«, sagte Frau Poluklassow. Und die Hausfrau erwiderte, ohne stehenzubleiben:

»Gewiß. Meiner Ansicht nach ist ein Garten ohne eine solche Kugel überhaupt nichts wert.«

Shenitschka drückte Shenja die Hand, als ob sie die grüne Glaskugel wäre. Sie wußte den Händedruck richtig zu deuten und erwiderte ihn mit ihren feinen rosenroten Fingern. Dann hüpfte sie flink wie ein Vogel aus dem Gebüsch hinaus, während ihr Kavalier sich eine Zigarette ansteckte und rauchend zurückblieb. Ihre hohe Stimme vermischte sich mit zwei anderen Stimmen und verhallte auf der Veranda. Shenitschka sagte aber mit Nachdruck und so laut, als ob er eine Visitenkarte läse:

»Shenja Dmitrijewna Bosketkin.« Nach einer Weile sagte er im gleichen Tone: »Shenja Dmitrijewna Poluklassow.« Beim Gedanken an die Möglichkeit einer solchen Metamorphose lächelte er selig.

Vor der Kugel erklangen nun mutierende Altstimmen: es waren Saschuk, Maschuk und Dorimedont. Auch sie sprachen von der Kugel, doch in einem ganz anderen Sinne als die beiden älteren Damen. Die Gäste suchten den Schmuck des Asternbeetes herabzusetzen, während ihn die Kinder des Hauses überzeugt und energisch verteidigten.

»Ihr habt keine Kugel!«

»Dafür hat unser Papa einen Säbel! Er ist Offizier gewesen, und euer Papa ist Zivilbagage.«

Der Älteste unter ihnen, der fünfzehnjährige Dorimedont, der bereits einen Schnurrbart hatte und sich dessen schämte, sagte:

»Das ist ganz gleich: beide dienen dem Kaiser und dem Vaterlande.«

Der Gedanke, daß Dmitrij Petrowitsch dem Kaiser und dem Vaterlande dienen könne, kam Saschuk, der von solchen Dingen eine romantische Vorstellung hatte, ungemein komisch vor.

Das Gelächter ging bald in eine Schlägerei über. Nun kam Shenitschka, der seine Zigarette zu Ende geraucht hatte, aus dem Gebüsch heraus und zupfte alle Kinder, wie die fremden so auch die eigenen an den Ohren, ohne Dorimedont mit dem Schnurrbart auszuschließen. Auf das Geheul kamen die beiden Mütter heraus und blieben entsetzt, eine jede vor einem anderen Pfosten der Veranda stehen, während sich Shenja vor Lachen und Verliebtheit das Gesicht mit den Händen bedeckte.

Diese ganze Szene spiegelte sich ungemein deutlich in der Glaskugel, aber niemand achtete darauf.

2.

Ländliche Zurückgezogenheit gleicht einem Vergrößerungsglase, indem sie jede Bagatelle in einem vergrößerten Maßstabe erscheinen läßt.

Die Schlägerei unter den Kindern und einige verdrießliche Worte waren schon ein hinreichender Grund zu Auseinandersetzungen.

Der Tag war regnerisch, und alle versammelten sich im Eßzimmer. Beide Väter, wie der Zivilist so auch der Militär, schämten sich ein wenig der übertriebenen Empfindlichkeit ihrer Frauen. Alle drei Kinder steckten die Köpfe zum gleichen Fenster in den Regen hinaus, wetteten, auf wessen Gesicht und auf welchen Teil des Gesichts der nächste Tropfen fallen würde, und tauschten feindselige Bemerkungen aus.

Shenitschka saß mit den Erwachsenen am Tische und blickte fortwährend ins anstoßende Zimmer, wo ab und zu Shenjas grüngestreiftes Kleid vorüberhuschte. Jeden Augenblick knarrte die Türe, und das Dienstmädchen kam und ging. Die beiden Hunde bellten die Katze an, die auf die Kredenz gesprungen war und auf sie mit gesträubtem Fell, doch schweigend, herabsah. Der Zeisig schmetterte drauflos, Dorfweiber boten durchs offene Fenster Erdbeeren an, die Kinderfrau zog die Wanduhr auf, und wenn für einen Augenblick alles still wurde, so hörte man draußen durch das Rauschen des Regens hindurch Bauern schimpfen und Heuwagenräder quietschen.

Veronika Platonowna Bosketkin hielt Anna Lwowna Poluklassow eine Tasse Milch hin und wartete anscheinend, daß die Dame endlich wenn nicht mit einer Entschuldigung, so doch wenigstens mit einer Erklärung herausrücke. Anna Lwowna hatte die gleiche lila Haube auf, die gestern so plötzlich auf der Glaskugel erschienen war, ohne sich viel darum zu kümmern, daß Lila ebensowenig zu Grün paßte, wie die Gegenwart zweier Mütter zu dem Stelldichein. Aber Anna Lwowna schwieg, und die Hausfrau begann nun selbst, indem sie auf die Seite blickte und sich Mühe gab, möglichst objektiv zu erscheinen:

»Kinder sind eben Kinder, und man kann, ja man soll ihren Worten keine Beachtung schenken. Wenn sie aber zu ihren Streichen von Erwachsenen angestiftet sind« (Anna Lwowna machte runde Augen und bekam plötzlich auffallende Ähnlichkeit mit ihrem Sohn, der sich in diesem Augenblick verlegen das Knie kratzte), »wenn sie nur die Worte der Erwachsenen nachsprechen und solche Ausdrücke gebrauchen ...«

»Ja, was ist das für eine Redensart: Zivilbagage? Was bedeutet Zivilbagage?« fiel plötzlich Herr Bosketkin ein, während sich sein von einer hellen Weste umspannter Bauch wie ein Segel im Winde blähte.

Niemand gab darauf Antwort; draußen brüllte eine Kuh, der Zeisig zwitscherte, die Uhr schlug elf, und die Kinderfrau sprang mit den Pantoffeln schlappend vom Taburett und erklärte: »Jetzt ist sie in Ordnung!«

»Du kannst gehen! Was fällt dir plötzlich ein, dieses Altertum aufzuziehen?« bemerkte Dmitrij Petrowitsch und wiederholte darauf seine Frage, doch mit viel weniger Effekt:

»Ich frage, was heißt Zivilbagage?«

Die Kinderköpfe im Regen platzten beinahe vor Lachen. Die Erwachsenen schwiegen empört. Maschuk, die die tapferste war, gellte:

»Jetzt hat es dem Saschuk auf die Nase getropft!«

»Teufel!« brummte Dorimedont mit seiner Baßstimme.

»Entsetzlich ungezogene Kinder!« bemerkte Frau Poluklassow, sich von ihrem Platze erhebend.

»Es sind auch die Ihrigen dabei«, entgegnete Frau Bosketkin und gab ihrem Mann einen Wink. Dieser zog seinen Bauch etwas ein und sagte mit noch viel weniger Effekt:

»Marsch in den Garten! Es regnet nicht mehr.«

Die Hunde faßten diese Worte wie ein Kommando »Rührt euch« auf und begannen zu bellen. Die Kinder schienen dagegen taub zu sein. Shenitschka packte seine Schwester von rückwärts und zog sie vom Fenster fort. Maschuk schrie wie am Spieß und strampelte mit den Beinen, die in karierten Strümpfen steckten und bis über die Knie hinauf sichtbar wurden; worüber sich die Jungens unbändig freuten. Jemand schlug heftig die Türe zu, der Wandteller fiel herab (es war ein ganz gewöhnlicher Teller mit einer blauen Windmühle, den die Bosketkins, man weiß nicht warum, an die Wand gehängt hatten), die Hunde sprangen endgültig hinaus, und Anna Lwowna nahm ihre lila Haube ab und sagte:

»Es ist so furchtbar schwül!«

Die hinausgeworfene Maschuk schrie bereits im nassen Grase, Saschuk schmiß die Tellerscherben umher, Dorimedont schämte sich, die Hunde bemühten sich, Herrn Poluklassow die Nase zu lecken, und dieser letztere, einem verbogenen Holzspan aus einer Kuchenschachtel nicht unähnlich, beteuerte, daß er, obwohl er selbst bei der Kavallerie gedient habe, auch die Verdienste eines Zivilbeamten zu würdigen wisse. Veronika Platonowna erwartete noch immer im allgemeinen Stimmengewirr, daß Anna Lwowna sich endlich entschuldige.

»Nehmen Sie vielleicht noch eine Tasse Milch?«

»Sie entschuldigen: es ist zu schwül.«

Die Hausfrau blickte zerstreut zum Fenster hinaus, wo unter einer schwarzen Regenwolke die Wiese in den Strahlen der neuerschienenen Sonne in giftigem Grün leuchtete.

»Wollen wir ein wenig spazieren gehen?«

»Shenitschka, wir gehen!«

»Sofort, Mama! Geht nur voraus! Ich suche meine Pfeife!«

Viel grüner als die Wiese war das gestreifte Kleid, das ins Zimmer huschte, sobald die Haustüre ins Schloß fiel.

»Deine Pfeife, deine Pfeife! Du Scheusal! So suchst du deine Pfeife?« Sie standen beide an der Schwelle und küßten sich lachend nach jedem Worte. Die Uhr schlug zwölf, eins, zwei!

»Kinderfrau! (Kuß) Kinderfrau! (wieder) Was hast du ... (drei Küsse) mit dieser Uhr gemacht ...« (der süßeste!).

3.

Die grüne Kugel spiegelte gleichgültig und etwas höhnisch die gleichförmigen Tage und Abende. Es gab keinerlei Abwechslungen, und die ungewisse, konfuse Eintracht zwischen den beiden Familien lag in den letzten Zügen. Das machte auf die empfindsame Veronika Platonowna einen großen Eindruck. Wie alle anderen Menschen betrachtete sie den Sommer als eine Jahreszeit, in der alle Beschäftigungen und seelischen Regungen eine Veränderung erfahren und selbst gänzlich abgeschafft werden, wobei an ihre Stelle fades Geschwätz und Nichtstun treten. Die gleiche Sonne ist in der Stadt gar nicht imstande, die ganze Dummheit und Faulheit zu wecken, die in irgendeinem Seelenfache eines jeden sonst gar nicht so dummen und faulen Menschen schlummert. Sommer, du Jahreszeit mit den langen Tagen, mit den königlichen schmelzenden Abenden, Blumen, Beeren, stets offenen Fenstern, du Höhepunkt aller Kraft und allen Wachstums, der du jedes Gefühl und jede Tatkraft weckst, was hat man aus dir gemacht, daß du selbst dem stupidesten Menschen als der Gipfel der Stupidität und Trägheit erscheinst? Wann sollten alle unsere Gefühle, Gedanken und Regungen in voller Blüte stehen, wann sollten wir schaffensfreudig sein, – und liegen statt dessen wie ohnmächtige Schlafmützen umher? Im Sommer. Wann sollten wir unsere Blicke nur für den Himmel, das Gras, die Liebe und jede Schönheit des Lebens offen haben, und sehen statt dessen lauter Dummheit, zweckloses Herumschlendern und Sommerfrischler? Im Sommer. Sommer, du liebe schöne Jahreszeit, welche böse verschlafene Fee hat dich vergiftet?

Die gleiche Fee stocherte halb im Schlafe mit einem stumpfen Stäbchen die Seele Veronika Platonownas, die im Morgenrock und ohne Strümpfe hinter herabgelassenen Rouleaus saß. Sie starrte im Halbdunkel auf die bäuchige Kommode und wartete, daß die Hitze etwas abnehmen möchte. Auf einem Tablett leuchtete schwach ein Glas gelbliche Limonade. Das Summen einer Wespe, die sich zwischen dem Rouleau mit der draufgemalten Tiroler Landschaft und der Fensterscheibe verfangen hatte, hielt ihren Geist rege und übte zugleich eine einschläfernde Wirkung aus. Die Fenster waren zu, damit die glühende Luft sich im Laufe des Tages nicht im Schlafzimmer aufspeichere; es roch dumpf und etwas säuerlich. Wenn sie überhaupt an etwas dachte, so doch nur an die Nachbarn, und das auch ohne jede Bosheit; ihre Gedanken konnten sich vor Hitze kaum regen. An die Türe wurde geklopft. Oder kam es ihr nur so vor? ... Es klopfte wieder.

»Wer ist draußen?« fragte Frau Bosketkin, ohne sich zu rühren. Saschuk trat ein, die Mütze von der schweißtriefenden Stirne in den Nacken geschoben.

»Was willst du?«

»Mama ...«

»Was gibt's?«

»Bei den Poluklassows ...«

»Was ist denn bei ihnen los?« Veronika Platonowna erzitterte im Halbdunkel wie ein Gelee.

»Komm mit, wir wollen es dir zeigen.«

»Was ist denn geschehen? Kannst es mir so sagen. Wohin soll ich bei dieser Hitze und ausgezogen wie ich bin, gehen?«

»Mama, komm mit, es ist wirklich sehr interessant!«

Der Junge war auffallend freundlich: bei den Nachbarn war sicher etwas ungemein Ekelhaftes oder Lächerliches passiert.

»Ach, dieser Saschuk! Warte, ich will mich etwas anziehen.«

»Das brauchst du nicht, es ist ja niemand da. Niemand wird dich sehen.«

Vor der Türe hüstelte Dorimedont.

Die Glut und das Licht fielen auf die Köpfe wie Eisenbleche herab. Veronika Platonowna blieb unentschlossen stehen, Saschuk warf ihr aber einen flehenden Blick zu, und Dorimedont brummte: »Es ist nicht weit.« Sie gingen zum Gartenzaun; die Hausschuhe klatschten im Grase, und die gelblichen ungepflegten Fersen der Frau Bosketkin riefen gewisse Schlachtenbilder in Erinnerung. Sie gingen durch den Garten, durchquerten die schattige Allee und den Platz vor den Stallungen und bogen von der Landstraße direkt in das Gehölz ab. Frau Bosketkin verlor im sumpfigen Boden einen Schuh; Dorimedont fischte ihn heraus und behielt ihn, da er ganz durchnäßt war, in der Hand. Die Mutter zog auch den andern Schuh aus und setzte den Weg barfuß fort. Sie war ganz von der Vorahnung der wichtigen Dinge, die ihr die Söhne zeigen wollten, erfüllt, und dachte zugleich auch darüber nach, wie sie sie bestrafen würde, wenn sie sie angelogen haben sollten.

»Hier!« flüsterte Saschuk, auf einen breiten Spalt im Poluklassowschen Gartenzaune zeigend. Veronika Platonowna suchte lange nach einer günstigen Stellung und drückte schließlich ihr Gesicht gierig an den Zaun. Alle schwiegen. Die Mutter riß sich endlich los wie ein Blutegel, der sich vollgesogen hat. Sie war über und über rot.

»Hast du's gesehen?« fragte Saschuk.

Sie nickte nur hastig mit dem Kopf und beugte sich wieder zum Spalt, als traute sie ihren Augen nicht.

Doch nein, weder die Augen, noch die Söhne hatten sie betrogen. Vor der Veranda stand mitten in einem Beete ganz unschuldig, glühend, glänzend und frech (ja, das ist der richtige Ausdruck: frech!) eine knallrote Glaskugel, und die Sonne spiegelte sich in ihr wie ein rubinroter Knopf.

Frau Bosketkin ließ sich schweigend auf den Boden nieder. Die Söhne standen ehrfurchtsvoll vor ihr.

»Schnell nach Hause! Papier und Bleistift!« sagte sie endlich.

Dorimedont rannte wie ein Jagdhund davon, im Laufen die Hausschuhe seiner Mutter gegeneinander schlagend. Saschuk setzte sich in Erwartung auf den Boden. Die Mutter schwieg noch immer. Der Junge versuchte sie von ihren traurigen Gedanken abzulenken und begann:

»Wir haben schon so lange keine Quarkkuchen gehabt!«

Aber die Mutter gab ihm mit einem Blick zu verstehen, wie deplaciert in diesem Augenblicke solche idyllischen Wünsche waren. Endlich brachte Dorimedont das Papier. Veronika Platonowna schrieb zwei Zeilen und kommandierte mit finsterer Miene:

»Klettere über den Zaun und befestige den Zettel an die Kugel. Eine nette Kugel haben sie sich angeschafft, diese Bauern: knallrot!«

Veronika Platonowna war so betrübt, daß sie sich gar nicht vom Platze rührte. Sie starrte wie geistesabwesend auf die Schuhsohlen und die mit Grasflecken übersäte Leinwandhose Dorimedonts, der über den Zaun kletterte.

Aber der Zettel wollte an der glatten Glasfläche nicht halten. Saschuk fiel es ein, daß er ein Stück Schwarzbrot in der Tasche hatte. Er warf es in den Nachbargarten hinüber und blieb selbst bei seiner Mutter, die die Tätigkeit Dorimedonts durch den Spalt im Zaune verfolgte.

»Spuck doch auf das Brot!« riet sie Dorimedont, ohne sich vom Spalt loszureißen.

Schließlich mußte man den Zettel auf das Beet neben die Kugel legen und mit einem Stein beschweren. Auf dem Zettel standen folgende Worte:

»Das ist unkorrekt. Wir bitten Sie, uns nicht mehr zu besuchen. So etwas nennt man Gemeinheit.«

Es ist unbekannt, wessen Handlung Frau Bosketkin mit dem Worte Gemeinheit bezeichnete; diplomatische Noten sind aber oft doppelsinnig.

4.

Das Schicksal hatte wohl selbst die Absicht, die Zusammenkünfte Shenjas und Shenitschkas möglichst poetisch zu gestalten. Jetzt konnten sie sich nur nachts in aller Heimlichkeit treffen; den Poluklassows war ja der Zutritt zum Nachbargarten verwehrt. Shenitschka kletterte allnächtlich über den Zaun, und Shenja setzte sich jedesmal einen weitkrempigen Strohhut auf. Der junge Mann saß rittlings auf dem Zaune, wandte sein Gesicht mit der stumpfen Nase dem Monde zu und sagte laut:

»Leb wohl, Gevatter! Grüße Shenja von mir!«

Dann sprang er schnell hinunter und begab sich langsam, schleppenden Schrittes nach Hause. Einige zusammengeschrumpfte welke Blätter am Wege warfen winzige Schatten auf den im Monde weißglänzenden Sand.

»Bald geht's in die Stadt!« dachte Shenitschka, indem er den Hut in die Hand nahm und seine Schritte verlangsamte.

Als Shenja vom Stelldichein heimkehrte, setzte sie sich, ohne den Hut abzulegen, auf einen niederen Schemel vor ihren jungfräulichen Toilettentisch, auf dem zwischen Seife, Zahnpulver und Eau de Cologne allerlei Kram herumlag: eine leere Bonbonniere, ein angebissener Apfel, ganz gewöhnliche Steinchen vom Flußufer, eine tote Libelle in einer

55

Zigarettenschachtel und ein Puppenmieder. Im Mondlichte glänzte das Glas der Eau de Cologneflasche in drollig blauem Lichte, und die durchsichtige Amorette auf dem Etikett sah wie eine lila Wasserleiche aus. Shenja steckte einen Lichtstummel an und lächelte ihrem Bilde im Spiegel zu.

»Ganz wie eine Großmutter sehe ich in diesem Hute aus! Ich dachte nicht, daß ich ihn jemals aufsetzen werde; ich wußte ja nicht, daß ich Shenitschka kennen lernen werde. Shenitschka, Shenitschka! Lieber Mond! Die Tage sind jetzt langweilig, ich werde aber morgens länger schlafen und tagsüber ›Krieg und Frieden‹ lesen.«

Sie beschloß, diese Nacht aufzubleiben, schlief aber, vor dem offenen Fenster sitzend, ein. Als sie erwachte, sah sie die ersten Sonnenstrahlen, die hinter der Scheune hervorschossen, und ein Kücken, das vor ihr auf dem Fensterbrett stand und die Blumen auf ihrem Kleide zu picken versuchte. Shenja lachte leise auf, das Kücken sprang ungeschickt hinunter und rannte auf seinen langen Beinen davon, komisch mit dem zottigen Steiße wackelnd. Es ist doch gescheiter, sich noch hinzulegen, als gleich mit dem Tolstoi zu beginnen! Natürlich ist Tolstoi ein Genie, aber Shenitschka ist ihr lieber.

Der Mond hatte eine geschwollene Backe und wurde von Tag zu Tag unsymmetrischer; dies verminderte aber weder sein Licht, noch hinderte es unser Paar, allnächtlich auf der Bank vor der Kugel, vor der echten grünen Kugel zusammenzukommen. Die Bank bewahrte treu das Geheimnis der Liebenden und ihre verschlungenen Monogramme, die auf der unteren Fläche des Brettes eingeschnitten waren. Während Shenitschka auf dem Rücken lag und schnitt, lachte Shenja und fürchtete, daß sein Federmesser durch die Bank dringen, oder daß er sie bei den Beinen packen würde.

»Hier, hier?« fragte Shenitschka, mit dem Messer die Bank von unten abklopfend.

»Du unterstehst dich nicht! Und ich stehe sowieso nicht auf!«

Die Kinder konnten oben auf der Bank beliebige Dummheiten schreiben; *ihre* Namen werden für immer erhalten bleiben!

Shenja steckte einmal den Kopf unter die Bank, um sich die Monogramme anzusehen; Shenitschka packte sie aber und begann sie, sich zum Lohne, so stürmisch zu küssen, daß sie mit den Beinen ausschlug und ein böses Gesicht machte.

Das war noch damals, als sie sich am Tage treffen konnten. Wer kann aber nachts bei Mondschein schnitzen?

»Die Vögel im Walde singen nicht mehr. Den wievielsten haben wir heute?«

»Das sage ich nicht.«

»Warum? Was dir nicht einfällt!«

»Ich will dich sovielmal küssen; du kannst das Datum abzählen.«

»Dann wird sich herausstellen, daß heute der sechsundsiebzigste August ist!«

»Das wirst du sehen!« Und er küßte sie fünfmal.

»Ist das alles?«

»Heute ist der fünfte August.«

»Ach so!«

»Willst du, daß es der hundertste September wird? Ich verzähle mich nicht!«

»Laß die Dummheiten, Shenitschka. Bald müssen wir ja wieder in die Stadt. Dort wird es weder die Bank, noch den Mond, noch die Kugel geben!«

»Die Kugel können wir ja mitnehmen.«

»Glaubst du vielleicht, daß sie auch in der Stadt unsern Garten spiegeln wird? Du bist wie jener Herr, der aus Karlsbad eine ähnliche Kugel mitgebracht hatte und sehr empört war, als er in ihr den Karlsbader Kurpark nicht mehr sehen konnte. Du bist ganz erstaunlich dumm!«

»Die Kugel wird aber auch in der Stadt spiegeln können, wie wir uns küssen.«

»Wirst du sie denn immer mit dir herumtragen? Du bist ein Närrchen.«

»Es kommt, weil ich dich so sehr liebe!«

»Nein, es kommt, weil du auch bei dir im Garten eine Kugel aufgestellt hast. In deiner Kugel küßt sich niemand. Sie ist dumm und geschmacklos. Wie kann man sich nur eine knallrote Kugel anschaffen?! Pfui! Wenn du dich wenigstens mit mir beraten hättest ...«

»Ich habe sie ja gar nicht angeschafft! Ich habe sie überhaupt nicht gesehen.«

»Jedenfalls ist eure Kugel garstig und die unsrige lieb. Mama hat vollkommen recht.«

»Was kann ich dafür?«

»Alles kannst du dafür. Nun sind alle verzankt, und das ist ärgerlich und dumm. Wiederhole es: ärgerlich und dumm.«

»Ärgerlich und dumm.«

»Und die Poluklassowsche Kugel ist garstig, und die unsrige lieb.«

»Und die unsrige lieb.«

»Nein, schwindele nicht! So mußt du es sagen: Und die Bosketkinsche ist lieb.«

»Und die Bosketkinsche ist lieb.«

»Und wo ist die erste Hälfte?«

»Welche Hälfte?«

»Die Poluklassowsche Kugel ist garstig?«

»Die Poluklassowsche Kugel ist garstig.«

»Und die Bosketkinsche ist lieb.«

»Und die Bosketkinsche ist lieb.«

Shenja schwieg unter ihrem Großmutterhut, und Shenitschka drückte ihr mechanisch die Finger.

»Warum brichst du mir die Finger? Bin ich denn ein Dienstmädel?«

»Wieso ein Dienstmädel?«

»So macht man nur einem Dienstmädel den Hof.«

»Ich weiß es nicht, ich habe noch niemals einem Dienstmädel den Hof gemacht.«

»Ich auch nicht.«

»Ich mache auch dir nicht den Hof.«

»Was tust du denn?«

»Ich liebe dich.«

»Nein, du liebst mich nicht, du bist nur verliebt; verstehst du, verliebt! Der Papa liebt die Mama, mich und meine Schwestern; man liebt Kuchen; und du bist verliebt. Ja?«

»Ich weiß nicht. Mir scheint, ich liebe dich.«

»Pfui, bist du fad! Ich will ja, daß es schöner klingt, und du bist so eigensinnig. Vielleicht einigen wir uns so: du liebst mich und bist in mich zugleich verliebt?«

Sie wurde etwas nachdenklich und sagte:

»Weißt du, ich glaube, daß du mich weder liebst, noch in mich verliebt bist.«

»Wieso? Shenja, was fällt dir ein?«

»Nichts fällt mir ein, aber es ist wahr. Wenn du mich liebtest, hättest du dir die rote Kugel nicht angeschafft.«

»Shenja, ich sage dir ja, daß ich sie gar nicht angeschafft habe.«
»Das ist mir ganz gleich. Ihr hättet eben die Kugel nicht.«
»Bist du aber heute eigensinnig!«
»Ich bin eigensinnig? Du bist selbst eigensinnig wie drei Esel! Also kurz und gut, so lange bei euch im Garten das rote Scheusal steht, sollst du dich nicht unterstehn, wieder herzukommen. Du darfst auch jetzt nicht auf unsere Kugel schauen! Sie ist lieb, sie ist nett, sie ist goldig! Ich liebe sie, und dich liebe ich nicht.«

Sie begann die Kugel zu küssen; als sie aber ihr Gesicht der glänzenden Fläche näherte, zeigte ihr das Spiegelbild einen solchen Mund und eine solche Nase, daß sie sofort den Streit vergaß und Shenitschka am Ärmel zupfte, damit auch er das Bild sehe.

»Schau nur, was für eine Fratze! Sieh dich auch selbst an. Ist das Shenitschka Poluklassow? In fünf Jahren wirst du so aussehen.«

Sie seufzte auf, richtete den Blick auf den Mondreflex an der Spitze ihres Lackschuhs und sagte wehmütig:

»So stehen die Sachen. Wann kommst du also wieder?«
»Selbstverständlich morgen.«
»Glaube nur nicht, daß ich Spaß mache!«
»Das glaube ich gar nicht.«
»Und bilde dir nicht ein, daß du mich anführen kannst.«
»Auf Wiedersehen morgen«, antwortete Shenitschka und blickte Shenja nach, wie sie durch den Garten zum Hause ging, wo das Fenster ihres Zimmers offen stand. Unterwegs wandte sie sich aber doch noch um und sagte zerstreut: »Also morgen.«

5.

Am nächsten Abend kam Shenitschka wieder zum Stelldichein. Eine Folge davon war, daß Anna Lwowna, als sie morgens in ihren Garten hinaustrat, plötzlich finster wurde, sich die Augen rieb und einen entsetzten und empörten Blick auf das Beet richtete. Die rote Kugel war verschwunden; selbst der Stock, an dem sie gesteckt hatte, war weg. Die rotgelben Ringelblumen bildeten den einzigen farbigen Fleck im Beete. Anna Lwowna sah sogar zum Himmel empor, als ob sich der verschwundene Gegenstand seinerseits in der Sonne spiegeln könnte. Das Ringelblumenbeet sah nur aus der Ferne unberührt aus; bei näherer

Betrachtung zeigte es sich, daß es von Glassplittern übersät war. Jeder Splitter war von der einen Seite glänzendrot und von der anderen bleigrau; in einem jeden war ein heiterer Himmel mit einer strahlenden Sonne zu sehen.

Nun fiel Anna Lwowna auch der Zettel ein, der hier vor vier Tagen gelegen hatte; sie wandte sich zur Veranda und winkte mit der Hand, als ob sie vor Empörung die Sprache verloren hätte. Ihr Mann, der in diesem Augenblick, wo er nicht mit dem kleinen und dicken Nachbarn sprechen mußte, wie ein unverbogener Span von einer Spanschachtel aussah, merkte sofort ihre Bewegungen. Er hob seine spitze Nase, um sich den Zwicker aufzusetzen und eilte, in straffer militärischer Haltung, zu seiner Frau. Seit der letzten Schlägerei unter den Kindern mußte er jedesmal, wenn die Rede auf die Bosketkins kam, an seine Militärzeit denken. Anna Lwowna zeigte ihm stumm die Scherben, an denen bereits ein herbeigeeilter Hund schnüffelte.

»Was ist das?« fragte Alexander Jakowlewitsch, indem er seinen Zwicker zurechtrückte und sich wieder in einen verbogenen Span verwandelte. Die Frau zeigte mit der einen Hand auf die Scherben und stützte sich mit der anderen auf ihren Mann, zu dem sie zugleich vorwurfsvoll emporsah. Maschuk näherte sich, auf dem einen Beine hüpfend, dem Tatort.

»Und wo ist die Kugel?« fragte sie.

Anna Lwowna schmiegte sich noch fester an ihren Mann.

»Und wo ist die Kugel?« wiederholte Maschuk und sprang auf einen der Scherben, der unter ihrem Absatz knackte.

Im Fenster zeigte sich Shenitschka mit einer Flöte in der Hand. Er begann sehr traurig und ruhig und so leise, als bliese er in eine Flasche, eine Tonleiter zu spielen.

»Schweig, Idiot!« schrie ihn der Vater an und wandte sich wieder an seine Frau:

»Wenn das ihr Werk ist, so gibt's dafür überhaupt keine Bezeichnung.«

»Wer hat es denn tun können? Zuerst der Zettel, und jetzt diese Gemeinheit«, jammerte Anna Lwowna. Maschuk zerdrückte mit ihren Absätzen alle Scherben nacheinander, wobei sich die kleinen Sonnen gleichsam durch Teilung vermehrten, und wiederholte fortwährend wie ein Papagei:

»Und wo ist unsere Kugel? Und wo ist unsere Kugel?«

»Die arme Kleine, wie sie erschüttert ist!« sagte Frau Poluklassow mit matter Stimme.

Hinter dem Zaune erklang ein verhaltenes Lachen, und dann kam es wie ein Echo: »Und wo ist unsere Kugel?«

»Sie horchen dort, die Schurken!« schrie Anna Lwowna so gellend, als ob sie erst jetzt ihre Kräfte wiedergewonnen hätte, und stemmte die linke Hand in die Hüfte.

Shenitschkas Kopf verschwand augenblicklich wie in einer Versenkung; nur noch die Flöte war im Fensterrahmen zu sehen: sie hing gleichsam von selbst im Raume. Der Papa schrie ins Leere, laut wie ein Kommando:

»Ich werde euch! Ihr Esel und Flegel!«

»Freche Bande!« beharrte Frau Poluklassow.

Hinter dem Zaune wurde es still. Maschuk, die soeben den letzten Scherben zertreten hatte, erwartete mit Spannung, was nun kommen würde.

»Schurken!« schrie Alexander Jakowlewitsch ins Gebüsch.

Die Flöte verschwand, und im Fensterrahmen war nichts mehr zu sehen. Maschuk schlug die Hände zusammen und rannte wie der Wind davon. Die kurzen Höschen, von denen das eine Bein länger war als das andere, ließen das Mädchen viel kleiner erscheinen als es war.

»Wo willst du hin?«

»Zum Hausmeister!« klang es vom dritten Gartenbeet zurück.

»Die Arme ist von Sinnen!« sagte die Mama und brach in Tränen aus.

»Mir ist es weder um das Geld, noch um den Gegenstand als solchen zu tun, aber die Frechheit ist empörend!«

»Das darf man nicht so gehen lassen!« antwortete der Gatte, sich noch einmal zum Zaune wendend, hinter dem alles still war. Darauf ließ er den Wagen anspannen.

6.

Der Teller mit der blauen Windmühle, der aus unbekanntem Grunde herabgefallen war, wurde im Eßzimmer der Bosketins durch keinen anderen Gegenstand ersetzt. In der Wand steckte der nackte Nagel, und eben diesen Nagel starrten die beiden unbekannten Herren an, die im Auftrage des Herrn Poluklassow streng offiziell gekommen waren. Die Herren waren dermaßen unbekannt, daß man bezweifeln mußte, ob Herr Poluklassow selbst, der sie geschickt hatte, wußte, wer sie seien. Eines stand nur fest, daß sie aus der Stadt kamen. Der eine von ihnen war groß und sah wie ein Ladenkommis aus. Er hielt die Hände vor sich im Schoße ausgestreckt und sah unverwandt auf den Nagel, auf den auch die Blicke des anderen, der eine Postbeamtenuniform trug, gerichtet waren. Die Uhr, die die Kinderfrau dereinst aufgezogen hatte, stand schon wieder. Die beiden Besucher waren anscheinend auch einander unbekannt, und während der ersten halben Stunde sagte keiner von ihnen ein Wort.

»An diesem Nagel hat offenbar etwas gehangen; sie haben es aber wohl entfernt!« sagte der eine, auf den Nagel weisend.

»Ja, ganz sicher«, entgegnete der andere, indem er von seiner Backe eine Fliege verscheuchte, die sich nun sofort auf seiner Nase niederließ.

»Herr Bosketkin läßt aber lange auf sich warten.«

»Vielleicht schläft er.«

Der erste sah schweigend auf seine emaillierte Taschenuhr und zeigte sie dem andern:

»Elf Uhr vierzehn.«

Die Türe ging auf, und Veronika Platonowna trat ein. Da sie die beiden Herren nicht kannte, hatte sie ihren Morgenrock anbehalten und ihre Toilette nur durch die Haube mit der lila Schleife vervollständigt. Sie musterte die Gäste mit einem geringschätzigen, doch zugleich argwöhnischen Blick und forderte sie nicht zum Sitzen auf: die beiden saßen ja sowieso und waren gar nicht aufgestanden, weil sie nicht wußten, ob das Erscheinen Veronika Platonownas sie etwas anginge.

»Sie wollen zu meinem Mann?« fragte sie geradeaus.

»Wir kommen zu Dmitrij Petrowitsch Bosketkin«, antworteten sie einstimmig, indem sie sich gleichzeitig erhoben.

»In welcher Angelegenheit?«

»Wir wollten ihn eigentlich persönlich sprechen.«

»Unsinn! Ich bin seine Frau, und Sie brauchen sich vor mir nicht zu genieren.«

»Uns hat Herr Poluklassow hergeschickt«, sagte der eine.

»Wir möchten die Bevollmächtigten der Gegenpartei sprechen«, fügte der andere, in etwas offiziellerem Ton, hinzu.

Als Veronika Platonowna merkte, daß es sich um eine sehr ernsthafte Angelegenheit handelte, wurde sie sofort hochmütig und aggressiv.

»Sie kommen von den Poluklassows? Sie müssen mich entschuldigen, aber es sind so dumme und freche Menschen, daß ich mich wundern muß, wie man von ihnen irgendwelche Aufträge annehmen kann.«

»Sie sagten: dumme und freche Menschen?«

»Ja, und das nehme ich nicht zurück.«

»Die Worte einer Dame fallen nach dem Komment sowieso nicht ins Gewicht.«

»Außerdem haben die Poluklassows genau dasselbe von Ihnen gesagt«, fügte der Postbeamte hinzu.

»Von uns?«

»Ja. Wir sind eigentlich nur dazu hergekommen, damit uns Herr Bosketkin die Herren namhaft macht, mit denen wir alle näheren Vereinbarungen darüber treffen könnten, wo und wann es durch die Waffe entschieden werden soll, wer der Dümmere und Frechere ist«, sagte der Kommis sehr feierlich.

Die Hausfrau schwieg eine Weile und rief darin gar nicht feierlich, dafür aber laut:

»Hinaus! Packt euch! Ein Duell? Ich kann euch ganz ohne Duell beweisen, daß nicht einmal der verrückte Poluklassow, sondern ihr beide die allerdümmsten und frechsten und in jedem Falle die lächerlichsten Menschen seid. Hinaus mit euch!«

In der Türe stand plötzlich Herr Bosketkin.

»Da ist mein Mann. Ihr könnt mit ihm reden, soviel ihr wollt. Ich bin überzeugt, daß er euch dasselbe sagen wird wie ich.«

»Um was handelt es sich?« fragte Dmitrij Petrowitsch.

»Sie kommen mit einer Forderung von Poluklassow«, sagte die Gattin in einem so wegwerfenden Tone, daß jedes andere minder unbekannte Paar Menschen vor Scham in die Erde versunken wäre.

»Ich nehme die Forderung an! Herr Poluklassow glaubt wohl, daß er, da er einmal vor fünfzig Jahren einige Tage beim Militär war, jedermann beleidigen darf? Ich nehme die Forderung nicht nur an, sondern ich fordere ihn auch selbst! Habt ihr's gehört? Und nun packt euch!«

»Haben Sie es gehört?« bemerkte Veronika Platonowna sanft. »Ich sagte Ihnen ja, daß mein Mann dasselbe sagen wird.«

»Sie entschuldigen: Ihr Herr Gemahl hat ja eben gerade das Gegenteil davon gesagt!«

»Folglich lüge ich, nicht wahr? Oder seid ihr taub?«

»Mama, ich habe alles gehört, ich kann nichts dafür«, erklang plötzlich aus dem Garten Shenjas Stimme. Ihr Kopf wurde im Fenster bis ans Kinn sichtbar. Alle schwiegen, und die Stimme rieselte wie ein ruhiges Bächlein dahin:

»Diese Herren fordern Papa zum Duell, weil bei den Poluklassows die Kugel kaputt gegangen ist. Papa ist aber gar nicht verantwortlich. Ich habe die Kugel kaputt gemacht, und Poluklassow muß sich mit mir auseinandersetzen; ich bin ja schon siebzehn!«

»Was? Du hast es also getan, mein Kind?« rief Veronika Platonowna, indem sie sich zum Fenster hinausbeugte, um die Tochter zu küssen; zwischen Jacke und Rock wurde sofort ihre Leibwäsche sichtbar. Herr Bosketkin wartete am Fenster, daß auch er an die Reihe käme, die Tochter zu umarmen. Er ließ indessen seine Blicke geduldig über die Landschaft schweifen und sagte mit ungewöhnlich milder und sanfter, beinahe süßer Stimme:

»Und du hast auch natürlich unsere Kugel vorübergehend versteckt, damit ihr nicht das gleiche Schicksal seitens der Feinde drohe?«

Mutter und Tochter lösten die Umarmung und richteten ihre Blicke aufs Beet, auf dem jetzt, wie bei den Nachbarn, nichts mehr glänzte. Die beiden Sekundanten traten gleichfalls ans Fenster.

»Nein, unsere Kugel habe ich nicht angerührt ... Ich weiß von nichts«, antwortete Shenja, und die ganze Gruppe erstarrte für einen Augenblick wie vor einem Photographen.

»Man hat sie gestohlen!« rief die Mutter, und sofort wurde wieder alles still. Einer der Sekundanten fragte schüchtern:

»Welche Farbe hatte eigentlich Ihre Kugel?«

Frau Bosketkin wandte sich nicht einmal um. Shenja, die weniger als die Mutter einer Niobe glich, entgegnete nachdenklich und traurig:

»Sie war grün.«

»Sehen Sie dort, bei der Scheune schimmert etwas Grünes ... Ist es nicht Ihre Kugel?«

Wie Seefahrer richteten alle sofort ihre Blicke in die angegebene Richtung. Niobe brach das Schweigen:

»Idiot! Kann denn die Kugel von selbst den Platz wechseln? Das ist mein grünes Leibchen, das zum Trocknen aufgehängt ist. Wenn ihr blind seid, so schafft euch doch Fernrohre an! Und was steht ihr überhaupt noch da herum? Wollt ihr unbedingt, daß man euch hinausschmeißt? Marsch! Sucht ihr die Kugel vielleicht hier im Zimmer? Was? Die Mütze? Hier ist die Mütze!«

Sie stieß die Postbeamtenmütze ungemein schnell und geschickt vom Stuhle, fing sie mit der Fußspitze auf und warf sie dann zum Fenster hinaus, wo sie auf eine zufällig vorbeigehende Glucke fiel.

Niemand kümmerte sich mehr um die Gäste. Shenja hielt sich von außen am Fensterrahmen fest und weinte bitterlich.

»Sind denn alle Menschen so schlecht, Mama?«

»Beruhige dich, Kind, es wird schon alles gut werden«, sagte Veronika Platonowna, ihre Tochter umarmend und auf die vor dem Fenster liegende Mütze hinausblickend, um die sich einige Kücken scharten.

7.

Der zur Hälfte abgeknabberte Mond ging immer später auf und leuchtete immer trüber, indem er den Dieben versprach, ihnen recht bald seine volle Gunst zuzuwenden. Aber es war noch immer so hell, daß Shenja sehen konnte, wie Shenitschka an der gewohnten Stelle, wo das Gras im Bosketkinschen Garten bereits ausgetreten war, über den Zaun kletterte. Als er heute oben auf dem Zaune saß, sich als schwarze Silhouette gegen den weniger schwarzen Himmel abhebend, und noch nicht Zeit hatte, hinunterzuspringen, rief ihn Shenja beim Namen. Im ersten Augenblick erkannte er gar nicht, daß sie es war, denn der Anruf lautete: »Jewgenij Alexandrowitsch!«

»Wer ist's?«

»Ich bin es – Shenja Bosketkin.«

»Warum so offiziell?«

»Weil ich jetzt sicher weiß, daß Sie mich gar nicht lieben, und Ihnen erkläre, daß es zwischen uns aus ist.«

»Was ist los?« Der junge Mann war mit einem Satz unten.

»Was ist los? Sag es noch einmal!«

»Wie kann ich es sagen, wenn du mir den Mund mit deinen Lippen zudrückst?«

»So, ich lasse dich los: sprich jetzt!«

»Es ist aus zwischen uns!« sagte das Mädchen halblaut, doch sehr schnell. »Denn es kann nicht so weiter gehen. Es ist lächerlich und ärgerlich, und zugleich empörend, einfach empörend!«

»Was ist empörend?«

»Dieses dumme Getue mit den Kugeln. Wenn du mich liebtest, wenn du Achtung vor mir hättest, so könntest du es natürlich so einrichten, daß es nicht so weit gekommen wäre. Ja, das hätte ein jeder getan, der mich nur ein wenig liebe. Und jetzt sehe ich, wie schwarz deine Seele ist und daß du mich gar nicht liebst. Diese ewigen Zänkereien und Duellforderungen ... Glaubst du vielleicht, daß ich dir zuliebe von zu Hause weglaufe? Papa wird dir meine Hand um nichts in der Welt geben wollen ...«

»Du willst wohl einfach sagen, daß du mich nicht mehr liebst! Wozu die faulen Ausreden?«

»Wieso faule Ausreden? Wer gebraucht faule Ausreden? Das ist ja unerhört! Wer hat meinen Namen unter der Bank eingeschnitten? Wer hat ewige Liebe geschworen? Wer ist jeden Abend zu uns in den Garten geklettert?«

»Nicht so laut, Shenja!«

»Nicht so laut? Was schreist du mich an? Wirst du mich vielleicht auch noch schlagen – das fehlte noch gerade!«

»Ich meine nur ...«

»Alle seid ihr so, wenn man euch zuviel Freiheit läßt! Du tust nichts anderes, als mich beleidigen und kränken, weil du dir einbildest, daß ich dich liebe. Nein, Sie sind im Irrtum, Jewgenij Alexandrowitsch: ich bin nicht so dumm, und meine Liebe ist nicht so groß, daß ich es dulden könnte, daß ...«

Shenja kam nicht weiter, weil Shenitschka ihr in diesem Augenblick den Mund mit der Hand zuhielt und sie selbst in den Schatten zog. Sie war vor Empörung ganz starr, und als sie wieder zu sich kam, sah sie sofort ein, daß sie gar keinen Grund hatte, sich zu empören. Jemand ging, oder lief vielmehr draußen hinter dem Zaune und gerade zur Stelle, wo sie sich beide befanden. Es waren schwere Schritte von mehreren Personen, und bald konnte man auch ihren fliegenden Atem hören.

»Wer ist es, Shenitschka? Wer ist es?« fragte das Mädchen erschrocken; sie hatte den Streit schon wieder vergessen. Durch den Spalt im Zaune konnte man zwei rennende Gestalten unterscheiden, zwei weitere Gestalten folgten ihnen auf den Fersen, und in einiger Entfernung, am Rande des Gehölzes, waren noch einige Schatten zu sehen.

»Wer ist es?« fragte Shenja wieder.

»Sie müssen bald zurück sein. Ich habe solche Angst, daß man sie dort erwischt«, erklang es plötzlich im Garten, in nächster Nähe des Liebespaares.

Veronika Platonowna schlich leise zum Zaun, ihren halbangekleideten Mann an der Hand führend. Eine Wolke verdeckte in diesem Augenblick den Rest des Mondes. Frau Bosketkin, die von ihrer Tochter nur durch eine Rosenhecke getrennt war, neigte sich zum Spalt im Zaune. Shenja faßte Shenitschka unwillkürlich am Ärmel.

»Saschuk! Dorimedont! Nicht auslassen! Schneller!« schrie plötzlich Veronika Platonowna, und sofort war alles klar.

Aus dem Gehölz klang es: »Maschuk! Lawruschka! Haltet die Diebe! Rennt, was ihr könnt!«

Shenja sah gar nicht hin und umschlang Shenitschkas Hals.

Die beiderseitigen Eltern suchten die Rennenden durch ermutigende Zurufe anzufeuern; die Fersen flimmerten nur so in der Luft, die Glaskugel in Saschuks Händen gab sich redliche Mühe, auch ohne den Mond, der sich hinter die Scheune zurückgezogen hatte, zu glänzen.

»Wartet nur!« schrien die Verfolgenden.

»Fällt uns gar nicht ein!« erwiderten die Davonlaufenden.

»Gemeinheit! Diebe!«

»Ihr seid selbst Diebe! Es ist unkorrekt!« riefen die Zuschauer einander zu. Alexander Jakowlewitsch stolperte und verlor seinen Zwicker, was diesseits des Zaunes großen Jubel auslöste.

»Ganz recht ist's dir geschehen, du hundsgemeiner Duellant!«

»Schnell herüber, Saschuk! Klettere doch! Wirf die Kugel her, ich fange sie auf!« heult Frau Bosketkin ganz außer sich, indem sie die Arme zwei Ellen weit auseinanderspreizt. Ein Sturz im Finstern, Keuchen, Schreie der Verfolgenden, ein Flug durch die Luft, der Stock bleibt im Boden stecken, und etwas zerschellt am Kopfe Veronika Platonownas. Saschuk macht einen Purzelbaum. Es ist noch gut, daß der Mond nicht mehr scheint!

In der Stille nichts als Atmen und Stöhnen. Von jenseits des Zaunes fragt jemand: »Ist sie kaputt? Es hat ja etwas geklirrt! Oder war es Ihr Kopf?«

Der Schlag war für Frau Bosketkin wohltuend.

In freundnachbarlichem Tone sagte sie:

»Nun haben Sie's erreicht! Um ein Haar wäre mir der Schädel zersprungen. Sie sollten sich doch schämen, Anna Lwowna und Alexander Jakowlewitsch! Wir sind zwar zum Teil auch selbst an allem schuld ...«

»Natürlich sind auch Sie schuld, um so mehr, als Sie angefangen haben«, sagte Frau Poluklassow über den Zaun.

»Angefangen haben zwar Ihre Kinder; aber selbst wenn wir angefangen hätten, so wären wir doch nicht so weit gegangen und hätten jedenfalls keine Sekundanten geschickt.«

»Na ja! Sie haben unsere Sekundanten auch schön empfangen ...!«

»Ganz so wie sie es verdienten. Doch jetzt, wo beide Kugeln kaputt sind, könnte man wohl dem Streit ein Ende machen. Jedenfalls ist Dmitrij Pawlowitsch zu jedem Schritt bereit, selbst zu einem Versöhnungskuß ...«

»Da Sie sich entschuldigt haben, so hat auch Alexander Jakowlewitsch nichts dagegen einzuwenden.«

Frau Bosketkin war so sehr von Friedenssehnsucht ergriffen, daß sie die Herausforderung, die in den letzten Worten lag, überhörte. Sie schob ihren Mann zum Zaun, wo bereits der von seiner Frau vorgeschobene Gegner stand. Es war wirklich ein Glück, daß der Mond nicht mehr schien!

Kaum war der Versöhnungskuß, den die beiden Herren ausgetauscht hatten, verhallt, als im Gebüsch wie ein Doppelecho zwei weitere Küsse folgten.

»Waren Sie das, Veronika Platonowna?«

»Sie sind wohl verrückt! Wen sollte ich küssen? Ich dachte, das wären Sie gewesen ...«

»Nein, das waren wir nicht.«

»Mama!« schrie Saschuk plötzlich ganz entsetzt: »Da steckt ja ein Stiefel aus dem Busch, und im Stiefel ein Bein!!«

Als Shenja und Shenitschka herauskamen, wurde das Mädchen sofort sehr redselig und begann ausführlich darüber zu sprechen, wie leid ihr die zerschlagene Kugel tue. Veronika Platonowna beugte sich zu ihr vor und fragte:

»Was war denn das soeben? Wir haben es ja gehört!«

»Nichts Besonderes. Auch wir haben uns versöhnt.«

»Das ist ja schön.«

Shenitschka fuhr auf:

»Morgen gehe ich in die Stadt und bringe Ihnen eine neue Kugel mit.«

»Nein, lieber nicht!« entgegneten alle. Und Shenja fügte leise hinzu: »Die Bank ist ja auch ohne die Kugel die gleiche geblieben.«

Die gefransten Wolken erglänzten im ersten gelblichen Morgenlichte, und der Hirt blies wie in der Oper »Schneewittchen« die Schalmei.

Der Überfall auf Barssukowka

1.

Die Handarbeit wollte heute bei Maschenjka nicht recht vorwärts kommen: Bald mischte sie in den blauen Grund grüne Perlen, bald stickte sie die Rosen mit lila, bald fielen die gelben Perlen auseinander; als ob sie statt ihrer früheren flinken und kunstvollen Fingerchen mit Werg ausgestopfte Stummel hätte. Es war aber ein ganz gewöhnlicher Tag, genau wie der gestrige und der vorgestrige Tag, und wohl auch wie der morgige sechste August, auf den das Fest der Verklärung unseres Herrn und Heilands fällt und an dem in der Kirche Äpfel geweiht werden, aus welchen man nachher Kuchen bäckt. Selbst die Unruhe, mit der Maschenjka aus ihrem Mezzanin auf die hinter dem Garten sich hinziehende Landstraße blickte, war die alte und unterschied sich gar nicht von ihrer gestrigen und vorgestrigen Unruhe; warum gerieten dann die grünen Perlen in den blauen Grund, und warum fielen die gelben von selbst auseinander?

Sie seufzte auf, legte ihre Handarbeit, einen Perlenbeutel mit Rosen und Vergißmeinnicht, auf die Seite, stützte sich auf einen Ellenbogen und begann auf das ihr von Kind auf vertraute Bild hinauszuschauen: den Garten, den Hof, die den Hügel hinaufsteigende Landstraße, die Windmühlen und den kaum sichtbaren See in der Ferne. Der Tag war weder heiter, noch trüb; manchmal kam die Sonne zum Vorschein, und manchmal fielen wieder einige Regentropfen. Alles war so gewöhnlich, daß Maria Petrowna Barssukow nicht nur alle Vorbeigehenden kannte, sondern auch ganz genau wußte, woher, wohin, warum und wozu ein jeder ging; ihre Beobachtungen konnten ihr daher nur den Genuß der Bestätigung altbekannter Tatsachen gewähren: nämlich daß Fjokla vom Viehhofe in die Küche ging; daß der kleine Lakai Kusjka in den Keller lief, um für Maschas Vater, Pjotr Trifonowitsch, der soeben von seinem Nachmittagsschläfchen erwacht war, einen kühlen Trunk zu holen, und daß die alte Markowna Pilze für das Abendessen brachte.

Das alles war ihr wohlbekannt, und die Beständigkeit der Erscheinungen, die dem Herzen eine gewisse Beruhigung gewährt, flößt ihm zugleich ein bedrückendes und hoffnungsloses Gefühl ein, das der Langeweile gleicht.

Maria Petrowna kannte nicht nur alle Vorbeigehenden, sondern auch alle Töne, deren Ursprung unsichtbar war; sie kannte auch die Ursache und den Zweck eines jeden Lautes. Da knarrt das Tor, das Vieh wird hereingelassen, und das Brüllen der Kühe und das Blöken der Schafe kommen immer näher; in der Küche werden die Koteletts gehackt; auf der Viehweide wird gesungen; am Weiher klopft das Waschholz; im runden Salon übt Bruder Iljuscha ein Stück von Haydn, und bald erschallt hinter dem Fliederbusch der Pfiff, den sie immer um diese Stunde erwartet und der jedesmal ihren Herzschlag beschleunigt und auf ihre Wangen Rosen malt. Nach diesem Pfiff kommt jedesmal die barfüßige Fenja, Maria Petrownas Zofe und Vertraute, mit dem Ausdruck einer Verschwörerin und mit der stets gleichen freudigen Bestürzung auf dem runden Gesicht. Sie flüstert: »Es pfeift«, worauf Mascha erwidert: »Ich hab's gehört; halte nur Wache, Fenja.« Jedesmal sagt das Mädel: »Ich hab solche Angst, Fräulein! Wenn uns Pjotr Trifonowitsch erwischt, wird er mich auspeitschen und Sie bei den Zöpfen raufen!« Und dann verschwindet sie wie der Blitz im Gebüsch.

So war es auch dieses Mal: Kaum erklang im Flieder der leise Pfiff, als an der Schwelle Fenja erschien, und der Dialog zwischen dem Fräulein und der Zofe seinen gewöhnlichen Verlauf nahm. Und diese Wiederholung der Worte und des Herzklopfens, des Angstgefühls und der Liebessehnsucht erschienen ihr durchaus nicht langweilig, sondern waren jedesmal neu, noch nicht dagewesen und unerwartet. Ohne sich dessen bewußt zu sein, dachte Maria Petrowna jeden Abend beim Einschlafen als echte Naschkatze, wie morgen das Stelldichein verlaufen und wie ihr Grischa Iljitschewskij erscheinen würde: ob lustig, leidenschaftlich, enttäuscht, stolz, traurig oder schmachtend?

Sich mit den Beinen in den allzu langen Röcken verfangend und mit dem Strohhut über den glattgekämmten Haaren in den niederen Baumästen hängen bleibend, erreichte Mascha ein abseits stehendes Gartenhaus mit bunten Fenstern und zwei Eingangstüren; auf der Decke hatte ein leibeigener Künstler nach mündlichen Angaben Pjotr Trifonowitschs, der einmal in Italien gewesen und den schönen Künsten nicht abhold war, Guido Renis »Aurora« dargestellt.

Maria Petrowna stellte Fenja als Wachtposten draußen vor dem Eingange auf; kaum hatte sie die Schwelle überschritten, als sie von einem schlanken, kräftigen jungen Mann, dessen unverfälschte rosige Gesichtsfarbe, blendend weiße Zähne, unfügsames blondes Haar und treuherzige graue Augen von seiner ländlichen Herkunft zeugten, in die Arme geschlossen wurde. Nachdem die Verliebten ihrer unschuldigen Liebe den ersten Tribut gezollt, ließen sie sich, ohne die Hände voneinander zu lösen, auf die Bank nieder. Das Mädchen lehnte ihren Kopf an die Schulter des Jünglings, und dieser fragte sie mit vor Erregung bebender Stimme:

»Hast du mit dem Vater noch nicht gesprochen?«

»Wie wäre es möglich? Ich glaube, daß er mich eher töten, als meinem Wunsche willfahren würde. Ich kann mich sogar nicht entschließen, mich meinem Bruder Iljuscha anzuvertrauen.«

»Das wäre auch nicht nötig: je weniger Menschen eingeweiht sind, desto zuverlässiger wird das Geheimnis bewahrt. Verzage aber nicht: ich habe einen vortrefflichen, wenn auch kühnen Plan gefaßt. So Gott will, gelingt er mir, und dann wird uns nichts in der Welt mehr trennen können. Sei tapfer und vertraue mir.«

»Wie könntest du daran zweifeln, Grischenjka?« fragte Maria Petrowna, mit Zuversicht und Liebe in die treuherzigen und offenen Augen ihres Geliebten blickend, in denen sie Einfalt, Keuschheit und Ergebenheit lesen konnte, aber nichts von jenem vortrefflichen und kühnen Plan, von dem Grigorij Alexejewitsch soeben sprach.

Er drückte dem Mädchen fest die Hand, schwieg eine Weile, und fuhr dann mit besorgter und geheimnisvoller Miene fort:

»Was du über mich auch hören wirst, sollst du keinem Gerücht und keinem Gerede glauben. Tue so, als ob du alles glaubtest; doch im Herzen glaube nichts. Ich werde dich durch Wassilij benachrichtigen, was zu tun ist; du sollst ihm folgen und vertrauen wie dem Worte der Heiligen Schrift. Sei auf alles bereit und wisse, daß nichts Böses geschehen wird. Heute will ich dir nichts mehr sagen.«

Mascha schmiegte sich noch enger an den jungen Mann und begann wehmütig:

»Wenn es nur einmal ein Ende nimmt, Grischenjka! Ich kann es nicht länger ertragen; jeden Tag, bevor ich deinen Pfiff höre, verbrenne ich wie im Fieber; heute konnte ich nicht einmal sticken und habe alle Perlen durcheinander gebracht.«

»Hat jemand von den Deinigen etwas gemerkt?«

»Gewiß nicht. Der Vater schläft meistenteils, und wenn er nicht schläft, so schreit er die Dienstboten an. Und Bruder Ilja? Er liest seine Bücher, geht spazieren und begleitet mich, wenn ich singe, auf dem Klavier; doch er spricht mit mir fast nie. Bald kommt ja der Herbst!«
»Es gibt viele Schwämme: im Vorbeigehen habe ich es gesehen.«
»Jeden Tag essen wir welche. Ich wollte mit den Mädchen auf die Schwammsuche gehen, Vater erlaubte es aber nicht.«

In diesem Augenblick erschien in der Türe das runde Gesicht ihrer treuen Wächterin, und Fenja flüsterte, erregt mit den Händen winkend:
»Fräulein, man ruft Sie zum Abendessen, man kommt her!«

Grigorij Alexejewitsch umarmte Maschenjka, flüsterte ihr zum Abschied: »Sei bereit, Freundin, und verzage nicht!«, verließ das Gartenhaus und verschwand im Dickicht, während Maria Petrowna in Begleitung ihrer barfüßigen Zofe nicht zu schnell, gleichsam lustwandelnd, die Richtung zum Hause einschlug, aus dem die schwachen Töne eines Haydnschen Menuetts wie das Summen eines Samowars klangen, und auf dessen Balkone die mächtige Gestalt ihres Vaters Pjotr Trifonowitsch Barssukow sich als dunkle Silhouette vom Abendhimmel abhob.

2.

Bande unversöhnlicher Feindschaft verknüpften den verstorbenen Vater Grigorij Alexejewitsch Iljitschewskijs mit seinem Nachbarn Barssukow. Die Ursachen dieser Feindschaft, die von den Großvätern stammte und höchstwahrscheinlich auf einer Grenzverletzung, auf einem Flurschaden, einer Streitigkeit bei der Bärenjagd oder einer ähnlichen Bagatelle, die in jenen Zeiten als eine Beleidigung galt, die nur durch Blut gesühnt werden kann, beruhte, waren längst vergessen. Alles war vergessen, und die Enkel bewahrten nur den dumpfen, unversöhnlichen Haß, der sich auch auf Iljitschkewskijs Sohn Grigorij Alexejewitsch erstreckte. Der Familiennamen des Nachbarn wurde nur in Verbindung mit mehr oder weniger verletzenden Epitheten, wie »Kanaille, Spitzbube, Freimaurer« erwähnt; selbst Maschenjka vermied es, den Namen Iljitschewskij auszusprechen: sie sprach nur von Grigorij Alexejewitsch und sehnte sich nur nach ihrem Grischenjka, wobei sie den Gedanken von sich wies, daß er ein Iljitschewskij sei.

Maria Petrowna kam rechtzeitig zum Abendessen, und niemand hatte ihre Abwesenheit bemerkt; übrigens genoß sie gewisse Vorrechte der ländlichen Freiheit, die den jungen Mädchen längeres Ausbleiben gestattet, in der Annahme, daß die Natur und die stete Abwechslung des Landlebens ihre poetische Veranlagung begünstigen, die in Garten, Feld und Wald naturgemäß mehr Nahrung findet, als in den engen Zimmern mit den Tüllvorhängen und Ofenbänken. Als eifriger Verteidiger dieser Freiheiten trat immer Maschenjkas Bruder, der Petersburger Student Ilja Petrowitsch, auf. Er war ein Verehrer Rousseaus und der englischen Philosophen und nebenbei auch ein tüchtiger Musiker, was von seinem Vater, der, wie wir schon sagten, den schönen Künsten nicht abhold war, besonders hoch geschätzt wurde. Obwohl der Vater kein Verständnis für Beethoven hatte und diesem Komponisten Rossini vorzog, dessen später in den »Barbier von Sevilla« eingefügte Ouvertüre zur »Elisabeth« er oft pfiff, lauschte er doch gerne dem etwas trockenen Vortrag seines Sohnes, wenn dieser im runden Salon deutsche Musiker spielte, die er nur ab und zu, dem Vater zuliebe, durch die sprühenden Töne der »Italienerin in Algier« oder der »Diebischen Elster« unterbrach. Der Vater war mit seinem musikalischen Geschmack nicht einverstanden, wußte aber das melancholische Feuer, das seinen einsamen und schwärmerischen Sohn zuweilen belebte, wohl zu schätzen. Maschenjka übte die Kunst nur zum Hausgebrauch aus: sie spielte leichte vierhändige Stücke, wobei sie laut den Takt zählte und sehr oft stecken blieb, oder sang zur Gitarre Lieder aus den neunziger Jahren; Großmutters Harfe stand stumm in der Ecke und erwachte nur unter dem Federwisch des kleinen Lakaien, der die Zimmer aufräumte. Auch für Handarbeiten hatte Maria Petrowna wenig Liebe: sie stickte ja schon seit vier Monaten den Perlenbeutel für ihren Grischenjka, wobei sie häufig die Farben verwechselte und die Perlen durcheinander brachte. Das Nichtstun hatte in ihr keinen sichtbaren Hang zu Schwärmereien erzeugt; doch in der Tiefe ihrer Seele wartete sie immer auf tragische oder grausame Abenteuer und lauschte mit Entzücken Fenjas Berichten darüber, wie die Burschen in der nahen, von Altgläubigen bewohnten Stadt auf Mädchenraub ausgingen, und wie die Männer ihre ungetreuen und manchmal auch schuldlosen Frauen tyrannisierten, obwohl diese Maßnahmen um jene Zeit zu einer leeren Form herabgesunken waren und die Burschen sehr gut wußten, daß die Väter der von ihnen entführten Mädchen, mit vorsintflutlichen Gewehren bewaffnet, sie nur um der Form zu genügen, verfolgten; nichtsdestoweniger riefen solche Berichte in Fräulein Barssukow stets eine schwere und dumpfe Erregung hervor. Das war auch der Grund, warum Grigorij Alexejewitschs unklare Worte sie mit freudiger Unruhe erfüllten, und sie in seinen grauen Augen nicht Treuherzigkeit und Ergebenheit, sondern Verwegenheit und leidenschaftliche Entschlossenheit las. Wenn Grischenjka nicht der Feind ihres Vaters wäre und sie, im Gartenhause, dessen Decke Guido Renis »Aurora« schmückte, sitzend, nicht immer für sich und für ihn zittern müßte, so würde sie vielleicht diese Augenblicke gar nicht so sehr schätzen, den bekannten Pfiff nicht mit solcher Sehnsucht erwarten und die Perlen nicht so oft durcheinander bringen. Wenn man sie ansah, konnte man sie sich viel eher als eine gewaltsam entführte Braut, eine tyrannisierte Frau oder Gattenmörderin vorstellen, denn als ein zärtlich girrendes, Harfe spielendes Wesen. Sie hatte ein rundes und etwas breites Gesicht, kecke und eigensinnige Augen, dichtes Haar, zusammengewachsene Brauen, ein trotziges Kinn und einen wie gedrechselten Hals.

Das Abendessen näherte sich seinem Ende, und Pjotr Trifonowitsch hatte bereits alle Neuigkeiten von der Wirtschaft berichtet und seinen alltäglichen Disput mit Ilja Petrowitsch gehabt, als plötzlich der kleine Lakai Kusjka ins Zimmer trat und vor das Gedeck des Hausherrn ein kleines Buch in Ledereinband niederlegte.

»Was ist das?« fragte dieser erstaunt.

»Belieben es selbst anzuschauen«, lautete die Antwort.

Der Alte nahm das Buch in die Hand, wurde über und über rot und fragte streng:

»Wo hast du es her?«

Der Junge witterte einen Skandal und erwiderte mit funkelnden Augen:

»Ich fand es vor dem Gartenhaus, als ich das gnädige Fräulein zum Abendessen rief.«

Pjotr Trifonowitsch wäre noch röter geworden, wenn das noch möglich wäre. Er streifte seine Tochter mit einem flüchtigen Blick und fragte, sich an niemand Bestimmten wendend:

»Was beliebte Maria Petrowna im Gartenhaus zu suchen, wo man nachher so merkwürdige Dinge findet?«

Maschenjka versuchte zu erkennen, oder wenigstens zu erraten, was das für ein Buch war, das den Zorn ihres Vaters erregt hatte. Sie antwortete etwas unsicher:

»Nichts Ungewöhnliches. Ich bin nur vor dem Abendessen mit Fenja spazieren gegangen.«

Der Alte erhob seinen dicken Zeigefinger und sagte mit Überlegung:

»Was soll man, mein Fräulein, ungewöhnlich und was gewöhnlich nennen? Mir erscheint es als höchst ungewöhnlich, daß man nach einem solchen Abendspaziergange, der ja an sich durchaus nicht ungewöhnlich ist, am gleichen Orte ein Buch findet, auf dessen Einbände die Inschrift steht: ›Aus der Bibliothek der Herren Iljitschewskij‹. Dieser Erscheinung vermag ich keinerlei natürliche Erklärung zu geben.«

»Das Buch kann ja dort auch bedeutend früher gelegen haben«, wandte Ilja Petrowitsch ein. Aber der kleine Lakai entgegnete, seine allzu lebhaft funkelnden Augen mit den Lidern beschattend:

»Anfangs konnte ich es gar nicht verstehen: als das gnädige Fräulein aus dem Gartenhause herauskam, raschelte etwas im Gebüsch. Es war ja, wie Sie selbst wissen, windstill, und ich dachte, es sei ein Dieb. Da sehe ich, wie ein Mann davonrennt und im Laufen dieses Buch fallen läßt.«

»Hörst du es, Marie?« sagte Pjotr Trifonowitsch, ohne den unglückseligen Band aus der Hand zu lassen.

»Natürlich höre ich es: ich bin ja nicht taub.«

»Du bist auch noch grob! Nun, was sagst du dazu?«

»Fragen Sie Kusjka: offenbar weiß er besser als sonst jemand, was geschehen ist; jedenfalls besser als ich.«

»Ich werde ihn und auch alle andern fragen. Und solange ich nicht die ganze Wahrheit erfahre, sperre ich dich, mein Fräulein, ein.«

»Überlege es dir, Vater, ob es eines Edelmannes würdig ist, einen Menschen, und dazu noch seine eigene Tochter, des heiligsten Menschenrechtes – der Freiheit zu berauben?« versuchte Ilja für seine Schwester einzutreten. Aber Pjotr Trifonowitsch schlug die Schöße seines gesteppten Schlafrockes heftig übereinander und rief mit lauter Stimme, das Buch noch immer mit seinen dicken Fingern festhaltend:

»Humanität in allen Ehren, aber wenn hier Iljitschewskij im Spiele ist, so mag alle Beethovens und Rousseaus der Teufel holen! Das merke dir!«

Maria Petrowna erhob sich kurz entschlossen von ihrem Platz, blickte unter ihren zusammengewachsenen Augenbrauen dem Vater gerade ins Gesicht und sagte ruhig und vernehmlich:

»Du brauchst niemand von der Dienerschaft zu fragen. Dieses Buch hat offenbar Grigorij Alexejewitsch fallen lassen, den ich oft sehe und den ich vom Herzen liebe.«

Pjotr Trifonowitsch schwieg eine längere Weile, machte dann einen Kratzfuß und sagte:

»Ich danke ergebenst!« Maschenjka hörte aber diese Worte wohl gar nicht: nachdem sie die Wahrheit über Iljitschewskij gesagt hatte, neigte sie sich immer tiefer und tiefer, bis sie schließlich wie bewußtlos in den nächsten Sessel fiel. Man sprang auf und ließ Wasser holen; Pjotr Trifonowitsch flüsterte aber dem kleinen Kusjka zu:

»Lauf zur Markowna! Sie soll sofort herkommen und nachschauen, ob Maria nicht schwanger ist: diesen Kanaillen ist ja alles zuzutrauen.«

3.

Barssukow ließ es nicht bei der bloßen Drohung bleiben und sperrte Maschenjka in ihrer Kammer ein. Das war für sie um so bedrückender, als sie gar nicht wußte, wann diese Gefangenschaft ein Ende nehmen sollte: Nach Maschenjkas Eingeständnis hatte es ja keinen Zweck mehr, zu untersuchen, wieso Iljitschewskijs Buch in das Gartenhaus geraten war. Worauf sollte sie denn noch warten? Daß ihr Vater mit Grigorij Alexejewitsch abrechne und ihn gänzlich vernichte? Es war noch ein Glück, daß, nachdem Markowna das beruhigendste Zeugnis über Maschenjkas Zustand gegeben hatte, man der Gefangenen erlaubte, Fenja bei sich zu haben; folglich konnte sie gewisse Beziehungen zu der Außenwelt unterhalten und hören, wie sich der Zorn ihres Vaters äußerte und was für Maßregeln er anscheinend ergreifen wolle; doch über den Geliebten, dessen Schicksal sie mehr interessierte als ihr eigenes, hörte sie nichts. Er hatte wohl auf irgendeine Weise vom Unglück, das Maschenjka betroffen, erfahren: er pfiff nicht mehr, kam nicht ins Gartenhaus und schickte keine geheimen Botschaften. Fenja kam täglich mit dem immer gleichen, wenig tröstlichen Bericht: er hat weder gepfiffen, noch sonst etwas von sich hören lassen, noch Wassilij geschickt.

Erst am fünften Tage brachte Fenja eine Nachricht, welche die schon ohnehin bestürzte Maschenjka vollends verwirrte. Was Fenja berichtete, klang so sonderbar, daß Fräulein Barssukow in äußerste Verzweiflung geraten wäre, wenn sie die letzte Mahnung Grischenjkas nicht im Gedächtnis behalten hätte.

Eine Räuberbande, die sogar eine Kanone mit sich führte, hätte das Iljitschewskijsche Gut überfallen und den jungen Herrn entweder getötet oder gefangen genommen; jedenfalls sei er spurlos verschwunden. Wie wäre es nun Maschenjka in ihrem Gefängnisse zumute, wenn sie nicht beständig an die Worte dächte: »Glaube an kein Gerede und an kein Gerücht; tue so, als ob du glaubtest, aber im Herzen glaube nichts!«

Gehörte aber dieses Gerücht zu denjenigen, an die sie nicht glauben sollte, oder war irgend etwas geschehen, was der junge Iljitschinskij gar nicht hatte voraussahen können? Unsere Heldin tat daher nicht nur so, als ob sie bestürzt und betrübt wäre, sondern war in der Tiefe ihres tapferen doch zärtlichen Herzens tatsächlich sehr bestürzt und betrübt.

Im Hause schien alles seinen gewöhnlichen ruhigen Gang zu gehen; aus dem Anrichtezimmer klang wie gewöhnlich das Klirren der Bestecke und aus dem runden Salon ein Haydnsches Menuett; vor Maschenjkas Fenstern gingen stets die gleichen Menschen vorüber, als ob die geheimnisvollen Räuber das Iljitschewskijsche Gut gar nicht überfallen hätten, als ob Grischenjka gar nicht verschwunden (war er tot? oder in der Gefangenschaft?) und seine Geliebte gar nicht eingesperrt wäre. Es war nicht Wassilij, der die Nachricht von den Räubern überbracht hatte; niemand wußte, wieso und auf welchem Wege sie gekommen war, so daß Maschenjka unmöglich bestimmen konnte, ob das Gerücht mit Grigorij Alexejewitschs Wissen verbreitet wurde, oder ob ihm etwas Unvorhergesehenes zugestoßen war, was gar nicht zu seinem Plan gehörte.

Pjotr Trifonowitsch äußerte nach dem ersten Wutausbruch die Absicht, gleich am nächsten Morgen zum Nachbar zu fahren und ihn windelweich zu prügeln; aber nachdem er sich die Sache überlegt und mit seinem Sohn gesprochen hatte, beschloß er, Iljitschewskij zu einem Duell zu fordern: der letztere war zwar »eine Kanaille und ein Freimaurer«, aber immerhin ein Edelmann, und es ging nicht an, in seiner Person den ganzen Stand herabzusetzen. Inzwischen kam aber die Nachricht vom Räuberüberfall und vom Verschwinden Grigorij Alexejewitschs. Wie diese Nachricht nach Barssukowka gelangt war, wußte, wie gesagt, niemand; aber am nächsten Morgen fand man auf dem Balkon einen heimlich zugeworfenen Brief folgenden Inhalts:

»Wir dürsten nicht nach Eurem Blut und Leben; wir wollen nur, ohne erst die Entscheidung des himmlischen Gerichts abzuwarten, uns von Eurem Überflusse das nehmen, dessen uns die Unvollkommenheiten der menschlichen Satzungen und die Zufälligkeiten Fortunas beraubt haben. Erwartet uns daher am kommenden Dienstag ruhig und furchtlos, ohne Widerstand zu leisten, und liefert uns sämtliche Schlüssel von allen Räumen und Kästen, Truhen und Schubladen aus. Beobachtet uns nicht und setzt friedlich Euer Tagewerk fort oder betet; wir können andernfalls nicht versprechen, daß die Sache ohne Blutvergießen ablaufen wird, was auch wir als eine gemeine und ehrlose Tat bedauern würden. Denkt nicht an Verteidigung, denn wir haben genügend Gewehre, Hände und Geschütze, um unser Ziel um jeden Preis zu erreichen. Ihre Arme sind schwach, Ihr Sohn versteht nicht mit Waffen umzugehen, und das Hausgesinde ist zuchtlos und zu jedem Verrat geneigt. Wir sagen das Ihnen, weil wir mit Ihren grauen Haaren Mitleid haben und es vorziehen würden, die Fehler Fortunas ohne Gewaltmaßregeln zu korrigieren. Aber wir werden vor nichts stehenbleiben.«

Das war mit Kreide auf blauem Packpapier ziemlich orthographisch, wenn auch mit ungelenker Hand geschrieben.

Der kleine Kusjka brachte diese Botschaft seinem Herrn, der anläßlich des Feiertages noch im Bette lag, zugleich mit dem Morgentee herein.

»Was ist das?«

»Belieben es selbst zu lesen. Ich hab's auf dem Balkon gefunden.«

Nachdem Pjotr Trifonowitsch den Brief gelesen, schwieg er eine Weile und sagte dann mit leiser Stimme: »Ilja Petrowitsch soll sofort herkommen«, während seine Finger den Marsch des Preobrashenskij-Regiments trommelten, was immer ein Zeichen seiner größten Erregung war. Als Ilja Petrowitsch ins Schlafzimmer kam, befand sich sein Vater noch immer in finsterer, stummer Aufregung.

Schweigend reichte er dem Sohn den blauen Fetzen, und als dieser die Botschaft durchgelesen hatte und seine Augen fragend auf den Vater richtete, fragte der alte Barssukow mit leiser Stimme:

»Nun, was sagst du dazu, Herr Sohn?«

»Ich verstehe es nicht ganz, Vater. Es ist zwar zusammenhängend und orthographisch geschrieben, doch die darin enthaltenen Gedanken sind von einer gewagten Kühnheit.«

Pjotr Trifonowitsch sprang, nur mit seinem Nachthemde bekleidet, aus dem Bette und schrie:

»Eine unerhörte Frechheit! Eine ganz ungewöhnliche Frechheit! Mir, Pjotr Barssukow, dem Obersten im Preobrashenskij-Leibgarde-Regiment a. D. wagt man solche Briefe zu schreiben?! Was bin ich, ein Mensch oder eine Vogelscheuche? Nein, so dumm bin ich nicht! Orthographisch! Ich will sie Orthographie lehren! Ich werde sie mit Heugabeln an der Dorfgrenze empfangen lassen, werde selbst und eigenhändig aus zwei Gewehren schießen! Orthographisch!«

Ilja hörte schweigend zu, ohne in den Worten des Vaters eine Spur von Logik und Überlegung zu suchen. Dann hob er sein bleiches Gesicht und sagte ruhig, mit leicht gekrümmten Lippen:

»Wenn ich nach meinem Gewissen und meiner Überzeugung sprechen darf, so muß ich dir folgendes sagen: Deine edle Entrüstung, Vater, erscheint mir viel barbarischer, als der Brief dieser Landstreicher und Strauchdiebe, für die du sie wahrscheinlich hältst. Dich dürstet nach Blutvergießen, und du setzt das Leben deiner Nächsten der größten Gefahr aus, während sie eine unblutige Gewalttat im Sinne haben, vielleicht nur, um tatsächlich ihre verletzten Menschenrechte wieder herzustellen.«

Pjotr Trifonowitsch ließ sich in einen Sessel fallen und sagte leise, das blaue Papier krampfhaft zusammenballend:

»Jetzt sehe ich, daß die Übeltäter in einem Punkte wirklich recht haben: nicht nur im faulen und zuchtlosen Hausgesinde, sondern auch in meinem eigenen Sohne habe ich einen Verräter!«

Dann erhob er sich lautlos von seinem Platz, was bei seiner Korpulenz höchst auffällig war, ging aus dem Zimmer und schlug die Türe hinter sich heftig ins Schloß. Ilja folgte ihm in den Korridor, ergriff ihn am Ärmel des Nachthemdes und sagte in sichtlicher Aufregung, die so wenig zu seinem sonst so philosophischen Benehmen paßte:

»Vergib mir, Vater, wenn ich dich verletzt habe; wenn du dir aber die Dinge etwas überlegst, so wirst du zugeben müssen, daß ich recht habe.«

Der alte Barssukow wandte sich nach seinem Sohne gar nicht um. Er setzte seinen Weg fort und brummte:

»Ich will mit Leuten sprechen, die mich besser als mein eigener Sohn verstehen.«

Da Ilja Petrowitsch seinen Vater noch immer am Ärmel festhielt, riß sich jener mit Gewalt los und ging auf die Hintertreppe hinaus. Der Sohn rief ihm noch die Worte nach: »Denke wenigstens an Maschenjka«, worauf keine Antwort erfolgte. Ilja zuckte wehmütig die Achseln, setzte sich ans Klavier und begann Haydn zu spielen, während vor der Hintertreppe das »faule und zuchtlose« Hausgesinde, sich die Rücken und die struppigen Köpfe kratzend, zusammenkam.

Aber abends, als Ilja zum drittenmal den »Emile« las und an die richtige Erziehung seiner zukünftigen Kinder dachte, ging die Türe auf, und Pjotr Trifonowitsch, der in diesem Augenblick sehr verlegen und gedrückt aussah, kam oder schlich vielmehr ins Zimmer. Er setzte sich schweigend in die Ecke bei der Kommode. Als Ilja Petrowitsch seinen Vater in dieser ungewöhnlichen Verfassung sah, richtete er an ihn die Frage:

»Was sagten dir die Leute, die dich besser als dein eigener Sohn verstehen?«

Der Vater wischte sich mit seinem großen roten Schnupftuch den Schweiß aus der Stirne und begann mit plötzlicher Leidenschaftlichkeit:

»Zum erstenmal muß ich dergleichen erleben! Gott sei mein Zeuge, daß es mir schwer fällt, dieses zuzugeben: du hattest aber recht. Was kümmern sich diese Tagediebe um mein Gut und meine Ehre?! Sie verdienen alle blutig gepeitscht zu werden; da ich aber den Feind in der Nähe weiß, kann ich mich dazu jetzt nicht entschließen. Ich will den Überfall geduldig abwarten und den Taugenichtsen erst später zeigen, was es heißt, das Gut und Blut des Herrn feige im Stich zu lassen!«

Plötzlich brach er in Tränen aus, stützte sich mit seinem ganzen feisten Körper auf die schwache Schulter des Sohnes und flüsterte:

»Ich dachte nicht, daß ich so etwas erleben werde, mein Kind!«

Der Sohn umarmte etwas ungelenk den Vater und fragte:

»Du hast dich also entschlossen, meinem Rate ... meiner Bitte zu folgen?«

»Ja. Doch das fällt mir, weiß Gott, nicht leicht!«

Ilja schwieg eine Weile und sagte dann tröstend: »Diese Augenblicke sind natürlich wenig angenehm, doch in keiner Weise erniedrigend. Sie aufzuhalten, steht nicht in deiner Macht, ebenso wie du das Aushängeschild nicht aufhalten kannst, das dir auf den Kopf fällt. Wer wird sich deswegen Vorwürfe machen? Jedenfalls hast du dir nichts vorzuwerfen. Darf man denn einem Bauern zürnen, weil er sich mit den Fingern schneuzt, da er kein Schnupftuch besitzt und auch von Kind auf so erzogen ist? Was darf man denn auch von Räubern verlangen?«

Pjotr Trifonowitsch lauschte mit gesenktem Kopfe und immer noch schluchzend den Worten des Sohnes.

4.

Am Dienstag, den die Räuber bestimmt hatten, erwartete ganz Barssukowska schon in den frühesten Morgenstunden den angekündigten Besuch. Um seine Verachtung für die ungebetenen Gäste zu zeigen, zog Pjotr Trifonowitsch seinen ältesten Schlafrock an; dann ließ er sich alle Schlüssel geben, setzte sich in den runden Saal und vertiefte sich in die Lektüre des Almanachs auf das Jahr 1811, während Ilja Petrowitsch im »Emile« blätterte. Maschenjka blieb eingesperrt und schien an der allgemeinen Aufregung keinen Anteil zu haben. Gegen elf Uhr kam plötzlich Kusjka mit funkelnden Augen hereingestürzt und meldete, trotz des Ernstes des Augenblicks, sehr ehrerbietig:

»Sie kommen schon! Bei den Scheunen sieht man sie fahren!«
»Sind ihrer viele?«
»Vier Wagen voll. An die dreißig Mann. Lauter Dreigespanne.«
»Ist eine Kanone dabei?«
»Zu Befehl, ja!«

Es verging noch eine halbe Stunde in Schweigen. Endlich führte der gleiche Kusjka fünf Männer in den Saal. Sie waren als Bauern verkleidet, zum Teil mit Bärten und zum Teil bartlos, hatten alle Pistolen in der Hand und Larven vor dem Gesicht. Pjotr Trifonowitsch übergab das Tablett mit den Schlüsseln schweigend einem jungen, schlanken Mann, der die Hauptperson zu sein schien. Dieser verbeugte sich und sagte mit offenbar verstellter Baßstimme:

»Wir werden sie bald sämtlich zurückbringen.«
»Daß dich der Teufel!« entgegenete Barssukow. Ilja Petrowitsch legte seinen Zeigefinger als Lesezeichen in das Buch und hob seine kurzsichtigen Augen: er erwartete einen Streit. Der Mann sagte aber nichts,

nahm alle Schlüssel zu sich und begab sich in die inneren Gemächer des Hauses, nachdem er an der Türe zwei Wachtposten mit geladenen Pistolen, deren Hähne gespannt waren, aufgestellt hatte.

Als die ungebetenen Gäste sich entfernt hatten, herrschte im runden Saale tiefes Schweigen; der hünenhafte Pjotr Trifonowitsch, der rote Flecken im Gesicht bekommen hatte und noch immer im gleichen Almanach auf das Jahr 1811 las, und der schmächtige Philosoph, der den »Emile« studierte, während über ihren Köpfen schwere Schritte dröhnten und vor der Türe bärtige Kerle mit Dolchmessern im Gürtel, geladenen Pistolen in der Hand und Larven vor den unbekannten Gesichtern Wache hielten, boten einen höchst seltsamen Anblick. Man darf dem Barssukowschen Hausgesinde keine Vorwürfe machen, daß es sich so gleichgültig und sogar mit einer gewissen Sympathie für die unbekannten Räuber der Gefahr gegenüber verhielt, die nicht das Leben, sondern nur die Habe der Herrschaft bedrohte. Einige Greise, die zu nichts anderem taugten, machten sich zwar erbötig, ihr altersschwaches Blut für das herrschaftliche Hab und Gut zu verspritzen; aber die jüngeren waren mehr auf der Seite der kühnen Eindringlinge; weniger aus Haß gegen das Sklavenjoch, als aus purer Frechheit und in der Hoffnung, wenn auch nicht direkt von der Sache zu profitieren, so doch wenigstens von ihren Brüdern, für die sie mit großer Wahrscheinlichkeit die Räuber halten durften, anständig mit Schnaps traktiert zu werden. Die unvermeidliche Strafe erschien ihnen in so weiter Ferne, daß diese Aussicht den Genuß des seltenen Schauspieles und selbst die Gefahr, die ihnen im Falle eines bewaffneten Zusammenstoßes drohte, nicht zu überwiegen vermochte. Nach einiger Zeit, als drei Dreigespanne bereits den Hof verlassen hatten, erschien im runden Saal ein anderer Mann, der etwas kleiner gewachsen war und einen Bart hatte; er überreichte Pjotr Trifonowitsch das Tablett mit den Schlüsseln und sagte mit hoher Tenorstimme:

»Belieben der Herr nachzuzählen.«

Dieser zählte die Schlüssel ohne Übereilung nach und sagte: »Daß dich der Teufel!« als ob er alle anderen kräftigeren Ausdrücke verlernt hätte. Der Bauer winkte mit der Hand und ging, von den Leuten, die Wache gehalten hatten, gefolgt, hinaus. Bald darauf hörte man den letzten Wagen davonfahren. Jetzt gewann Pjotr Trifonowitseh seine Sprache wieder und machte seinem Zorn in einem Schwalle gewähltester Kraftausdrücke Luft. Dann ging er hinaus, um sich den Schaden zu besehen. Zu seinem größten Erstaunen hatten die Leute fast gar nichts angerührt und nur so wenige und wertlose Gegenstände mitgenommen, daß es überhaupt nicht der Rede wert war. Alle waren über die Dummheit der Räuber erstaunt. Als aber die Stunde des Abendessens kam und man dem Fräulein ihr Essen brachte, stellte es sich heraus, daß ihre Kammer leer war. Man meldete dies dem alten Herrn, worauf er in grenzenlose Wut geriet; er schlug sich mit der Faust auf die kahle Stirne und rief:

»Ich bin doch wirklich eine Vogelscheuche! Mit meinen eigenen Händen habe ich diesem Schurken und Freimaurer Iljitschewskij die Schlüssel ausgeliefert!«

Er ließ den bereits angeschnittenen Hammelrücken stehen und übernahm in eigener Person die Verfolgung, obwohl ihm Ilja Petrowitsch zu beweisen suchte, daß man in den fünf Stunden, die zwischen dem Überfalle und dem Abendessen vergangen waren, so weit kommen könnte, daß jede Verfolgung völlig aussichtslos sei.

5.

Als die vermummten Männer die Türe von Maria Petrownas Schlafzimmer erbrachen, sah sie sofort ein, daß die Geschichte von den Räubern und folglich auch das Gerücht vom Verschwinden Iljitschewskijs auf Wahrheit beruhte. Sie fiel im gleichen Augenblick in Ohnmacht und blieb in diesem Zustande so lange, bis man sie in einen von Barssukowka weit entfernten Gasthof brachte und ihr den Knebel aus dem Munde nahm. Zugleich mit den fünf Sinnen kehrte ihr auch das Bewußtsein wieder, daß sie ihren Grischa für immer verloren habe, daß ihr Vater und Bruder höchstwahrscheinlich ermordet worden seien, und daß sie selbst zwischen zwei gleich entsetzlichen Losen zu wählen habe: entweder ermordet oder geschändet zu werden. In der Gaststube saßen zwei vermummte Räuber, die Wirtin machte sich am Ofen zu schaffen, und in der Wiege weinte ein Säugling. Maria Petrowna holte tief Atem, ließ ihren Blick über die Türen, Fenster und den Hof, wo unbekannte Männer die Pferde ausspannten, schweifen und stellte fest, daß sie an eine Flucht gar nicht denken konnte. Sie wandte sich an die Männer und sagte:

»Was wollt ihr von mir, Freunde? Warum quält ihr mich so lange? Wenn ihr mir das Leben nehmen wollt, warum zögert ihr? Wenn ihr aber meine Schande wollt, so wisset, daß ihr euer Vorhaben nur an einer Leiche ausführen könnt! Um eines bitte ich euch: bohrt mir dieses Messer in die Brust! Meine Anverwandten sind von euch zu Tode gemartert, mein Verlobter Grischenjka ist von eurer Hand gefallen; zögert also nicht und vereinigt mich mit ihnen!«

Die Männer schwiegen, und Maschas Worte schienen nur auf die Wirtin, die mit großem Mitgefühl zuhörte, Eindruck gemacht zu haben. Maria Petrowna fuhr noch leidenschaftlicher fort:

»Vielleicht erwartet ihr ein Lösegeld? Wer kann euch aber das Lösegeld geben, wenn alle, denen ich etwas wert war, nicht mehr am Leben sind? Holt zum Schlage aus und nehmt mir dieses unselige und unerträgliche Leben! Ach, Grischenjka, mein Geliebter, wenn ich dich bei mir gehabt hätte, so wäre das ganze nicht geschehen!« Sie brach in Tränen aus und ließ ihren Kopf auf den Tisch sinken.

Nun ging einer der Unbekannten auf das Mädchen zu und sagte leise:

»Gnädiges Fräulein, Maria Petrowna, jammern Sie doch nicht so! Grigorij Alexejewitsch wird bald herkommen und Ihnen alles erklären.«

»Wie kann er aus dem Jenseits kommen, und warum soll ich dir, du Mörder, glauben?«

Er nahm die Larve vom Gesicht und sagte lächelnd:

»Fräulein, erkennen Sie mich denn nicht? Ich bin ja der Wassilij!«

Maria Petrownas Augen waren voller Tränen, und sie vermochte Wassilij, den sie auch früher fast gar nicht kannte, nicht zu erkennen. Sie schüttelte zweifelnd den Kopf und sagte:

»Woher soll er kommen?«

In diesem Augenblick ging die Türe auf, und ein vermummter, großer Mann stürzte sich auf die Gefangene und schloß sie in seine Arme. Maria Petrowna stieß einen gellenden Schrei aus, wurde aber gleich still, als die Larve fiel und sie vor sich das treuherzige Gesicht Grigorij Alexejewitschs erblickte. Sie schob ihn etwas zurück und sagte:

»Was? Du bist am Leben, bist weder tot noch in der Gefangenschaft? Was hat das alles zu bedeuten: wo ist mein Vater, wo mein Bruder, wozu diese Maskerade, und warum bin ich hier?«

»Um mit mir zu sein, um für alle Ewigkeit bei mir zu bleiben, Geliebte! Anders ließ es sich nicht machen!«

»Und der ganze Überfall, die Räuber, das Blutvergießen ...«

»Alles war Schwindel, alles war Komödie, Geliebte! Aber wir müssen eilen, der Priester wartet, um uns zu trauen, solange dein Vater uns noch nicht eingeholt hat.«

»Warten Sie, wir wollen uns nicht übereilen, Grigorij Alexejewitsch! Ich hatte gar nicht die Absicht, Sie zu heiraten; um so weniger nach den letzten Ereignissen.«

Iljitschewskij sah sie ganz bestürzt an: hatte er denn nicht alles so klug und kühn eingerichtet? Was wollte denn dieses unbegreifliche Mädchen noch?

»Maschenjka, was ist denn geschehen? Deine Angehörigen sind unversehrt, ich bin dir noch immer treu und ergeben, nichts kann uns voneinander trennen! Was hält dich denn noch zurück?«

Maria Petrowna saß eine längere Weile nachdenklich da, hob dann ihre verweinten Augen auf Iljitschewskij und brachte mit sichtbarer Anstrengung hervor:

»Sie haben wohl vergessen, Grigorij Alexejewitsch, was ich während dieser Zeit durchgemacht habe: Solange ich eingesperrt war, hielt ich Sie für ermordet und beweinte Sie; und jetzt mußte ich glauben, daß mein Leben und das, was noch wertvoller als das Leben ist, in der größten Gefahr schwebe, daß meine Angehörigen umgekommen seien. All das, was sich in Wirklichkeit gar nicht zugetragen hat, war für mich eine Tatsache, die ich in Wirklichkeit erlebte, und ich muß staunen, daß ich es überlebt habe. Ist es nun verwunderlich, daß auch meine Gefühle sich etwas verändert haben?«

Grigorij Alexejewitsch hörte ihr so verständnislos zu, als ob sie spanisch spräche; schließlich nickte er mit dem Kopfe und sagte sehr bestimmt:

»Du bist natürlich aufgeregt, Geliebte! Ich bitte dich um Vergebung, wenn ich dir Ungelegenheiten bereitet habe, die aber nicht zu vermeiden waren. Doch ich glaube, daß die wahre Liebe beständiger ist als der Spatz, der von Zweig zu Zweig hüpft; darum verzweifle ich noch nicht an unserem Glück! Jetzt werde ich mit deinem Vater sprechen, der soeben hier angelangt ist; ich will es nicht in deiner Gegenwart tun, um dich nicht noch mehr aufzuregen und um dir Zeit zu lassen, deine zerstreuten Gefühle zu sammeln.«

Mit diesen Worten ging er hinaus, und Maschenjka blieb allein. Es ist unbekannt, ob sie ihre zerstreuten Gefühle sammelte und woran sie dachte, als sie unbeweglich auf dem gleichen Fleck saß, während sich draußen die feindlichen Nachbarn auseinandersetzten. Sie beharrte in der gleichen Erstarrung, auch als Pjotr Trifonowitsch, Ilja Petrowitsch und Grigorij Iljitschewskij in die Stube traten. Der alte Barssukow rief in freudiger Erregung:

»Du hast es durchgesetzt, Maria: nun kannst du deinen Iljitschewskij heiraten!«

»Ich heirate ihn nicht«, entgegnete Maschenjka leise.

Der Vater sah sich verständnislos um und schrie auf:

»In Gartenhäusern täglich Rendezvous haben und in Gasthöfen mit jungen Männern herumsitzen – das kannst du; aber zum Traualtar gehen, das kannst du nicht?! Mit der Peitsche werde ich dich hintreiben! Wozu habe ich mich denn sonst mit diesem Ketzer ausgesöhnt?«

»Er ist ein Betrüger«, sagte Maschenjka noch leiser.

Der Alte lachte auf:

»Habt ihr so etwas gehört?! Die Maskerade paßt ihr nicht! Wäre es dir denn lieber, wenn wir alle ermordet wären und du dich in den Klauen der Räuber befändest? Dein Verlobter ist auch so ein gehöriger Räuber!«

Nun trat Grigorij Alexejewitsch vor. Er ergriff Maria Petrownas Hand und sagte:

»Hast du denn für diesen einen Augenblick unvermeidlicher List alle unsere Schwüre, Küsse und süßen Stunden der Liebe vergessen? Ich will dein treuester Freund und ergebenster Sklave sein. Ist dein Herz zu Stein geworden?« Und er brach in Tränen aus.

Pjotr Trifonowitsch wandte sich zum Fenster, und Maschenjka beugte sich zu ihrem weinenden Verlobten und sagte:

»Natürlich liebe ich dich wie vorher und will auch dein Weib werden. Doch ach, warum war dieses ganze Abenteuer nur ein Faschingsscherz?«

Die Muster des guten Tommaso

1.

Obwohl sich die Tuchwalkerei meines Patrons in der Nähe von Pistoja befand, war ich noch niemals in Florenz gewesen. Als ich siebzehn Jahre alt wurde, gab mir mein Patron eine Gehaltszulage und ließ mich die Kunden bedienen. Eines Tages berief er mich zu sich ins Obergeschoß, wo er fast immer über Rechnungsbüchern, Fakturen und Quittungen saß, blickte mich über seine Brille an und teilte mir mit, daß ich am nächsten Morgen mit einer Partie Tuchmuster nach Florenz reisen müsse, um eine Reihe von Kunden, deren Adressen er mir noch geben werde, zu besuchen und von ihnen Aufträge entgegenzunehmen. Ich dankte dem Patron für das Vertrauen und konnte die ganze Nacht nicht einschlafen, in der Vorahnung des Genusses, die große Stadt zu sehen, von der ich so Vieles und Wunderbares von Leuten, die dort schon gewesen, gehört hatte. Der Patron händigte mir die Adressen ein, an die ich die Muster bringen sollte, riet mir, im Gasthause zur »Alten Jungfrau« abzusteigen und gab mir noch verschiedene andere nützliche Ratschläge mit auf den Weg. Er ließ mich noch vor dem Ave Maria zu Bett gehen, damit ich ordentlich ausschlafe und beim ersten Morgengrauen das Haus verlasse, das mir, da ich meine Eltern früh verloren hatte, wie ein Elternhaus lieb war.

Die Reise ging ganz ohne Zwischenfälle von statten. Übrigens war ich während der Fahrt so sehr mit den Gedanken an Florenz beschäftigt, daß ich keine Augen dafür hatte, was mir unterwegs begegnete. Ich begnügte mich natürlich nicht mit den Ratschlägen des Patrons, sondern unterließ auch nicht, seinen ältesten Gehilfen auszufragen, der mir noch manche andere Dinge von der großen Stadt Florenz erzählte, wo meiner offenbar nicht nur die Besuche bei den Kunden, sondern auch neue Bekanntschaften, Kaffeehäuser, Wirtschaften, Theater und Damen, die denen von Pistoja sicher überlegen waren, harrten. Die Gedanken an alle diese mir noch unbekannten Genüsse nahmen mich so völlig in Anspruch, daß ich kaum darauf achtete, wo ich meine isabellfarbene Stute nach Angaben des Patrons nach rechts und wo nach links lenken sollte.

Das mir empfohlene Gasthaus befand sich hinter dem S. Croce, so daß ich, um dorthin zu gelangen, fast die ganze Stadt durchqueren mußte. Mein Gott, diese Herrlichkeit! Es war wohl die Stunde des Korso, denn alle Straßen waren mit Equipagen, Reitern und eleganten Fußgängern überfüllt. Die Lorgnons der Herren funkelten nur so, die Bänder und Schleier der Damen flatterten im Winde, die Hunde rannten zwischen den Beinen der Spazierenden umher, die Peitschen knallten, die Deckel der Tabatieren knipsten, der Staub duftete nach Parfüms und frisch gemähtem Gras, Schwalben jagten wie besessen dicht über den Köpfen der Menschen, und hoch oben auf dem Hügel läuteten Kirchglocken. An einer Straßenkreuzung hielt plötzlich mein Wägelchen: mein Pferd scheute vor einem offenen rosafarbenen Sonnenschirm und blieb, statt, wie ich es erwartete, durchzugehen, wie Bileams Eselin stehen; es wollte, ungeachtet meiner Zurufe, weder nach rechts noch nach links, weder vorwärts noch zurück. Ich selbst war nicht weniger bestürzt als meine Stute und hieb auf sie mit aller Kraft ein, ohne irgend etwas außer ihrer isabellfarbenen Kruppe und ihrem Schwanz zu sehen, den sie bei jedem Hieb emporwarf. Einige Zeit lang achtete ich auf nichts anderes und hörte weder das Schimpfen noch das Lachen der Zuschauer, bis mich plötzlich eine zarte Frauenstimme wieder zur Besinnung rief; die Stimme sagte: »Ihr werdet Euer Tier totschlagen; es bringt wahrlich keine große Ehre ein, mit einer Stute im Eigensinn zu wetteifern.«

Dieses sagte eben jene Dame, vor deren Sonnenschirm mein Pferd gescheut hatte. Ich murmelte etwas wie eine Entschuldigung und war bereit, mit meinem Wägelchen in die Erde zu versinken: so sehr schämte ich mich meiner Kleidung und des Benehmens und der Mucken meines Tieres. Die Dame mit dem rosa Sonnenschirm schien gar nicht so sehr aufgebracht, worauf ich übrigens auch aus ihrer spöttischen, doch keineswegs zornigen Stimme hätte schließen können. Auch war sie in ihrem hohen, schiffförmigen Hut und mit dem Schönheitspflästerchen über der linken Braue ganz ungewöhnlich hübsch. Ich zog vor ihr, ich weiß nicht warum, den Hut und blickte sofort weg. An der anderen Seite meines Wägelchens stand ein junger Mann, der mich so ansah, als ob er mich ansprechen wollte. Er tat das auch im gleichen Augenblick.

»Ihr kommt vom Lande?« fragt er mich lächelnd, auf meine Stute weisend.

»Ja, gewiß. Ich weiß nicht, was plötzlich mit ihr ist. Solche Mucken hat sie noch niemals gehabt.«

»Es macht nichts, sie wird sich schon beruhigen! Ihr erlaubt?« Und ehe ich ihm die Erlaubnis geben konnte, sprang er geschickt in meine Equipage und nahm mir die Zügel aus der Hand. Die Stute begann plötzlich wirklich zu laufen, und wir setzten den Weg zusammen fort. Unterwegs erfuhr ich, daß mein Begleiter Giacomo Castagno hieß, daß er Florentiner und Junggeselle war und bei seiner Mutter wohnte. Ich erzählte ihm meinerseits, daß ich Tommaso Guberti heiße, ein Tuchmacher aus der Gegend von Pistoja sei, Tuchmuster nach Florenz gebracht habe und im Gasthause zur »Alten Jungfrau« hinter S. Croce abzusteigen gedenke. Er hörte alle diese Mitteilungen mit ziemlicher Gleichgültigkeit an und sagte:

»Das ist ja alles sehr schön, aber abends treffen wir uns in jedem Falle im ›Phönix‹ neben dem Dom. Wir wollen ein wenig beisammensitzen und plaudern; sonst nichts. Nur um unsere Freundschaft zu besiegeln. Ihr müßt ja in dieser Stadt einen Freund haben.«

Vor dem Gasthause nahm er von mir Abschied, und ich mußte ihm versprechen, abends in den »Phönix« zu kommen.

Auf dem Aushängeschilde meiner neuen Wohnung war eine ziemlich wohlbeleibte Dame in altertümlicher Kleidung dargestellt, die mit dem Finger auf eine Inschrift deutete:

»Wo kehr ich ein«, willst du wohl fragen?
Die »Alte Jungfrau« kann's dir sagen:
»Oh kehre, Fremdling, bei mir ein,
Hier findest du den besten Wein,
Ein Essen billig, gut und fett,
Und ohne Flöhe ist das Bett ...

Das Gedicht war ziemlich lang, ich hatte aber nicht Zeit, es zu Ende zu lesen, da der Wirt bereits das Tor öffnete und aus einem Fenster im Obergeschoß eine wohlbeleibte Frau, offenbar die Wirtin, mit dem Kopfe nickte.

2.

Am nächsten Morgen konnte ich mich kaum noch daran erinnern, wie wir den Abend verbracht hatten. Mein Kopf tat mir fürchterlich weh, und alle meine Gedanken waren durcheinander geraten; nachdem ich aber das Geld in meiner Börse nachgezählt, stellte ich fest, daß davon nur genau soviel fehlte, wieviel das gestrige Abendessen gekostet hatte, und daß folglich mein neuer Freund weder ein Dieb noch ein Bauernfänger war. Ich war wohl einfach diese Art von Vergnügungen noch nicht gewohnt. Ich hatte auch die Adressen, die mir mein Patron mitgegeben, nicht verloren, so daß alles, außer meinem Kopf, in der denkbar besten Ordnung war. Nachdem ich eine Tasse starken Kaffee getrunken, sah ich mir das Verzeichnis der Kunden genauer an.

1. Signore Antonio Cagliani, Borgo S. Apostoli, gegenüber dem Palazzo Turchi. Nicht zu stark klopfen. Drei Tropfen täglich auf den nüchternen Magen.

2. Signora Scolastica Ridi, jenseits des Arno, neben dem Palazzo Pitti. Vollständige Ruhe, keinerlei Fleischkost, jeden Morgen eine kalte Abreibung; soll wollene Strümpfe tragen.

Die übrigen Adressen lauteten ähnlich; mein Patron hatte jeder Adresse eine kurze Charakteristik des betreffenden und einige medizinische Ratschläge hinzugefügt, damit ich offenbar ein Gesprächsthema habe, falls die Herrschaften sich mit mir in Gespräche privater Natur einlassen wollten. Ohne lange nachzudenken, zog ich meine beste Kleidung an, nahm das Paket mit den Mustern unter den Arm und begab mich zum Borgo S. Apostoli. Der Bemerkung, die auf meiner Adressenliste stand, eingedenk, klopfte ich sehr leise an die alte Türe eines großen doch unschönen Hauses. Der Diener war wohl kein Liebhaber von langen Gesprächen: nachdem er mich in ein großes halbfinsteres Vorzimmer hereingelassen hatte, zeigte er mir mit einer unbestimmten stummen Gebärde auf eine Türe, hinter der Frauengesang schallte, und verschwand. Als auf mein wiederholtes Klopfen keinerlei Antwort erfolgte, öffnete ich vorsichtig den einen Türflügel und erblickte einen großen hellen Saal, in dessen Mitte ein klein gewachsener Mann in buntem Schlafrock stand, die eine Hand an das Herz gedrückt und die andere zur Decke erhoben, als ob er die Zuhörer auf das Deckengemälde, das den schlafenden Endymion darstellte, aufmerksam machen wollte. Der Herr hatte seinen Kopf so weit zurückgeworfen, daß ich sein Gesicht fast gar nicht sehen konnte; ich sah nur seinen weißen, fetten Hals, der entsetzlich bebte; dieser Herr war eben das Wesen, das mit der hohen Frauenstimme sang.

Es kam mir so ungemein komisch vor, daß dieser Mensch, der weder ein Knabe noch ein Jüngling, sondern ein erwachsener Mann war, wie ein Weib sang; ich muß aber gestehen, daß er es sehr kunstvoll machte und daß seine Stimme tatsächlich an die Töne eines Dudelsacks erinnerte, besonders wenn er folgende Worte sang:

Oh, ich unselige Semele!
Was habe ich, freche, gewagt?
Ewig trage
Ich die Plage,
Weine, klage
Und verzage
Vor heißer Liebesglut!

»Falsches Tempo, falsches Tempo, daß Euch der Teufel, Fräulein Nichte! Ihr habt offenbar gar keine Ahnung, was heiße Liebesglut ist! Ihr spielt wie eine Henne!«

Der Herr im Schlafrock lief in die Tiefe des Raumes, wo ich jetzt ein Klavier entdeckte, vor dem eine Dame saß. Ihr Gesicht konnte ich nicht sehen; dafür hatte ich jetzt Gelegenheit, die Gesichtszüge des Sängers zu betrachten, der sich offenbar für einen Kenner von heißer Liebesglut hielt. Er hatte statt einer Perücke ein grünes Seidentuch auf dem Kopfe, und sein Gesicht erschien so ungewöhnlich aufgedunsen, als ob sich unter der Haut überall kleine Polster befänden. Aber seine großen schmachtenden Augen und sein ziemlich ebenmäßiger Mund verliehen der formlosen Masse doch eine gewisse Anmut. Bei den schnellen Bewegungen, die er machte, kamen unter seinem Schlafrock die vollen und festen Formen der unseligen Semele vorteilhaft zur Geltung.

Da mir niemand von den beiden Beachtung schenkte, hüstelte ich einige Male recht laut. Nun zog der Herr aus seinem Schlafrock, den er direkt über dem Nachthemd trug, einen Lorgnon hervor und begann mich wie einen Käfer oder wie ein Möbelstück zu betrachten. Ich kam ein paar Schritte näher und wollte an ihn einige Begrüßungsworte richten, als er plötzlich auflachte, meine beiden Hände ergriff und sagte:

»Bitte ohne Komplimente, ganz ohne Komplimente! Ich verstehe vollkommen Eure Erregung, junger Mann, und weiß Euren Enthusiasmus wohl zu schätzen. Habt Ihr mich noch nicht in der Thisbe gesehen? Habt Ihr noch nicht jene Arie gehört, wo das unselige Mädchen über dem blutbefleckten Mantel des Pyramus Tränen vergießt? Nein, habt Ihr es noch nicht gehört? Dann habt Ihr gar nichts gehört! Ihr habt noch gar nicht gelebt, Ihr seid noch nicht geboren! Oh, das ist göttlich!«

Er sprach lange, noch immer meine Hände festhaltend, seufzte aber schließlich auf und schwieg, offenbar weil sein Herz vor Verzückung überströmte. Nun hielt ich es für angebracht, mich ihm vorzustellen und vom Zwecke meines Besuches zu sprechen.

»Natürlich seid Ihr ein Muster! Ein Muster der wahren Ehrfurcht vor dem Genie!«

»Ich habe Euch Muster gebracht und heiße Tommaso Guberti«, versuchte ich ihm klar zu machen.

»Ich verstehe Euch vollkommen! Ihr werdet morgen ›Pyramus und Thisbe‹ hören, wo ich und der Maestro einander übertreffen.«

Ich dankte dem Signore Cagliani und brachte die Rede wieder auf meine Muster, die ich ihm vorlegen wollte. Er stand einige Augenblicke schweigend da, lächelte mir dann zu, nahm mich am Arm und sagte mit gedämpfter Stimme:

»Auch das ist möglich, mein Freund. Enthusiasmus und Fleiß können alles überwinden. Wir wollen uns Eure Muster ansehen, aber das müßt Ihr erst verdienen. Ihr werdet doch an unserem Frühstück teilnehmen? Gestattet, Euch meine Nichte vorzustellen, die zwar von Musik nichts versteht, aber sonst ein gutes Mädchen ist. Clementina Cagliani.«

Das junge Mädchen erhob sich vom Klavier, und ich erkannte in ihr sofort die gestrige Dame mit dem rosa Sonnenschirm. Ich weiß nicht, ob auch sie mich erkannte; sie sah mich aber so an, daß ich annehmen mußte, sie hätte mich wohl erkannt.

Ihr Onkel zog sich zurück, um sich umzukleiden und ließ mich mit der jungen Dame allein. Kaum hatte Signore Cagliani das Zimmer verlassen, als das junge Mädchen mir sagte:

»Gebt schnell den Brief her!«

»Was für einen Brief?«

»Den Brief von Valerio.«

»Verzeiht, ich kenne keinen Valerio und habe keinen Brief bei mir.«
»Ihr kennt nicht Valerio Procacci und seid nicht von ihm geschickt? Ihr seid entweder dumm oder von übertriebener Ängstlichkeit.«

In diesem Augenblick kam der berühmte Sänger zurück. In gewöhnlicher Kleidung sah er noch viel dicker und kleiner aus. Schon auf der Schwelle rief er mir lächelnd zu: »Frühstücken! Frühstücken! Habt Ihr schon Clementinas Bekanntschaft gemacht? Ich beneide Euch: Ihr werdet mich morgen zum erstenmal in der Thisbe hören. Diese Rolle liegt mir ganz besonders. Ich habe in ihr jedesmal einen berauschenden Erfolg! Viele nennen mich sogar Signore Thisbe ... Das ist doch nicht übel, was? Ja, in Florenz gibt's genug geistreiche Leute!«

3.

Am nächsten Morgen begab ich mich zu Signora Scolastica Ridi. Diese Dame wohnte fast außerhalb der Stadt, in einem Hause, das mitten in einem großen schattigen Garten stand. Der Eingang wurde von keinem Torhüter bewacht, und die Gartenpforte war unversperrt. Ich trat in den Garten und begab mich aufs Geratewohl zu einer Terrasse, die weiß zwischen den Bäumen schimmerte. Überall waren Spuren eines verkommenen und vernachlässigten Prunkes zu sehen. Einige Statuen waren in den Gartenteich gestürzt, aus dem ihre vom Schlamm grün angelaufenen Beine herausragten; anders Statuen waren wiederum so sehr von Vögeln verunreinigt, daß es ein Jammer war, sie anzuschauen. Aus dem Hause klangen Gitarrentöne, und ich ließ mich von ihnen aus der einen Allee in die andere leiten. Auf der Terrasse saß eine reich gekleidete Dame mit gepudertem Gesicht und sonnenverbranntem Hals in Gesellschaft zweier jungen Männer in Livreen. Gerade als ich mich der Terrasse näherte, begann die Dame mit einer etwas heiseren, doch nicht unangenehmen Stimme ein Lied zu singen, dessen Worte mir bekannt waren:

> Ach lieber Dudelsackpfeifer,
> Komm bitte näher ran,
> Daß ich mir deinen Dudelsack
> Genauer anschaun kann!

Da der Text des Liedes ziemlich anstößig war, mußte ich staunen, daß diese anständige und elegante Dame ein solches Lied sang. Die Gesellschaft hatte vor sich Kaffeegeschirr und Likörflaschen stehen, das Tischtuch war voller Flecken, und auf dem Boden lagen Orangenschalen umher. Die Dame warf die Gitarre weg, die einer der beiden Kavaliere sehr geschickt im Fluge auffing, knöpfte sich das Mieder auf und sagte: »Ach, heut hab ich mich ordentlich sattgegessen! Ihr doch hoffentlich auch?«

In diesem Augenblick bemerkte sie mich und winkte mich sofort zum Tische heran. Die beiden jungen Männer waren im ersten Augenblick aufgesprungen, nahmen dann aber gleich wieder Platz, ohne sich mir vorzustellen. »Setzt Euch, seid unser Gast!« sagte die Dame, sich mit ihrem ganzen Körper vorbeugend, wobei ihre Büste, die aus dem tiefen Halsausschnitte herausquoll, ganz unnatürlich erzitterte. Ihre Haut war vom Halse abwärts weder geschminkt noch gepudert, und es sah aus, als ob man einem Rumpf aus Bernstein einen Alabasterkopf angesetzt hätte. Trotzdem war die Dame berückend schön; die Kavaliere sahen weniger vornehm aus. Obwohl mir die ganze Situation höchst sonderbar vorkam, zog ich höflich den Hut und fragte, ob ich das Vergnügen hätte, Signora Ridi in eigener Person zu sprechen. Die Signora lachte laut auf, machte dann ein ernstes Gesicht und antwortete mit einer Baßstimme:

»Ja, das ist sie selbst, daß sie der Teufel!«

Ich wollte die Rede auf meine Muster bringen; sie winkte mir aber ab und sagte sehr ernst: »Von Geschäften sprechen wir später; setz dich jetzt her und trink mit. Beppo, noch einen Kaffee!« Der eine der beiden Kavaliere stand auf und brachte mir eine Tasse und ein Likörglas; der andere kicherte ununterbrochen vor sich hin.

»Was hast du?« fragte sie ihn.

»Ich lache über diesen Sonderling, der seine Muster unter dem Arm herumträgt.«

»Jeder hat eben seine Angewohnheiten«, entgegnete Scolastica sehr ernst, worauf beide Herren in schallendes Gelächter ausbrachen.

»Nun ist's genug! Er gefällt mir, und wenn ihr ihn beleidigt, kriegt ihr von mir Ohrfeigen.«

Darauf wandte sich Signora Ridi zu mir und sagte sehr freundlich:

»Achte nicht auf sie. Sie sind Dummköpfe und verstehen nichts. Laß dir einen Kuß geben.«

Sie roch nach Puder, Wein und Kaffee und neigte sich bald auf die eine, bald auf die andere Seite, wobei ihre Büste immer zitterte. Man brachte noch zwei Flaschen herbei. Ich wurde etwas kühner und umarmte die Dame, damit sie nicht so wackele. Die Kavaliere holten Spielkarten hervor und begannen sie zu mischen, als aus dem Gebüsch plötzlich ein etwa zehnjähriges Mädchen heraussprang und flüsternd meldete: »Sie ist gekommen!« Die Signora sprang auf, setzte sich wieder hin und sprang wieder auf, wobei sie in höchster Aufregung stotterte:

»Räumt alles weg! Versteckt die Gitarre! Daß euch alle der Teufel!«

Schließlich sammelte sie das ganze Geschirr: Gläser, Tassen und Löffel in ihren Rockschoß und ging ins Haus. Im rechten Strumpfe hatte sie ein großes Loch. Die Signora stolperte auf den Stufen und fiel hin; es gelang ihr nicht, sich wieder auf die Beine zu erheben, und sie kroch auf allen Vieren, den Rockschoß mit dem Geschirr immer noch mit der Hand festhaltend, zur Türe hinaus. Die beiden jungen Männer waren längst verschwunden. Ich wußte gar nicht, was das Ganze zu bedeuten hatte, und saß, in Erwartung der Dinge, die da kommen sollten, vor dem schmutzigen Tischtuch.

Aus dem Garten kam durch die gleiche Allee, durch die ich gekommen war, eine schlanke junge Dame in hellem Kleide mit einem sehr blassen, leicht angeschwollenem Gesicht, in Begleitung eines etwa fünfzehnjährigen Knaben. Erst als sie die Terrasse betrat, bemerkte sie mich. Sie erwiderte meine Verbeugung, schickte den Knaben fort und wartete stumm, daß ich ihr etwas sage. Endlich hob sie ihre grauen Augen und fragte mich zögernd:

»Euch hat doch Signore Valerio Procacci hergeschickt? Was will er von mir eigentlich?«

Ich antwortete darauf, daß ich keinen Valerio kenne. Die Dame murmelte vor sich hin:

»Seltsam. In diesem Falle weiß ich wohl, wer Euch hergeschickt hat! Ihr hättet aber nicht heute, sondern morgen kommen sollen. Ich begrüße Euch, herzliebster Bruder.«

Sie stand schweigend vor dem Tisch. Ich glaubte, daß sie die Kaffee- und Likörflecken betrachtete; ich merkte aber bald, daß sie überhaupt nicht hinsah und Gott weiß woran dachte. Endlich richtete sie ihren Blick wieder auf mich und schien erstaunt, daß ich noch immer da sei. Mit schwacher Stimme sagte sie:

»Also ich erwarte Euch morgen. Richtet meine Grüße aus. Der Herr helfe Euch.«

Der Bengel, mit dem sie gekommen war, hatte offenbar irgendwo in der Nähe gelauert; er erschien in diesem Augenblick, ohne gerufen zu sein, um mich hinauszugeleiten. Ich versuchte von ihm zu erfahren, was das Ganze zu bedeuten habe und wer die erste Dame gewesen sei; der Junge war aber entweder taub oder blöd, denn auf alle meine Fragen lächelte er nur, ohne auch nur ein Wort zu sagen.

4.

Der Gedanke an Signore Valerio Procacci raubte mir den Schlaf und verdrängte in mir sogar die Erinnerung an die reizende Signora Ridi die Erste, sowie auch meine Verwunderung darüber, daß der Patron mir die Adressen so seltsamer Kunden mitgegeben hatte. Die Florentiner sind im allgemeinen außerordentlich freundlich, schließen leicht und schnell Bekanntschaften, haben aber alle irgendwelche Schrullen. Dieser Valerio ist wohl ein einflußreicher älterer Herr, von dem das Wohl und Wehe vieler Leute abhängt. Die Eindrücke, die ich von den beiden ersten Besuchen hatte, regten mich dermaßen auf, daß ich beschloß, vorderhand keine neuen Besuche zu machen; um so mehr, als ich an diesem Tage bei Signore Thisbe, wo ich seiner schönen Nichte begegnen könnte, und bei Signora Ridi, wo ich ihre Verwandte zu treffen hoffte, erwartet wurde. Ich saß in einem Kaffeehause und dachte über alle diese Erlebnisse nach, als plötzlich wieder der Name Valerio Procacci an mein Ohr schlug. Ich wandte mich so schnell um, daß ich dabei beinahe meinen Tisch umwarf. Am Tische nebenan saßen zwei junge Herren, von denen mir der eine sofort durch seinen lustigen und sorglosen Gesichtsausdruck auffiel. Ich kann mir kein noch so argwöhnisches und trockenes Herz vorstellen, welches beim Anblicke dieses runden Gesichtes mit der Stulpnase, dem großen Mund und den lachenden Augen nicht auftaute. Er war es, der den Namen Valerios genannt hatte. Ich faßte mir ein Herz, ging auf den jungen Herrn zu und fragte ihn:

»Ihr kennt Valerio Procacci?«

»Das will ich meinen! Ich bin es ja selbst!«

»Ihr seid Valerio Procacci? Das kann nicht stimmen.«

»Warum seid Ihr darüber so erstaunt?«

»Ich glaubte nicht, daß Ihr noch so jung seid. Ich habe mir Euch überhaupt ganz anders vorgestellt.«

Der junge Mann fragte mich nun sehr interessiert, wo ich von ihm gehört habe und woher ich ihn kenne. Ich erzählte ihm ganz offen meine ganze Geschichte von Anfang bis zu Ende. Valerio hörte mich aufmerksam an und sagte:

»Es ist doch seltsam, mein guter Tommaso, daß das Schicksal Euch gerade zu solchen Leuten geführt hat, die in meinem Leben eine Rolle spielen. Ich glaube, daß darin eine gewisse Absicht der Vorsehung liegt. Ich glaube auch, daß Ihr mir helfen könnt. Nun will ich Euch in meine Angelegenheiten einweihen, zumindest in diejenigen, in die Ihr zufällig selbst hineingeraten seid. Vertrauen gegen Vertrauen.«

Ich erfuhr von Valerio, daß er Clementina, die Nichte des berühmten Kastraten Cagliani liebte, während ihr Onkel sie um jeden Preis mit einem Grafen Parabosco, einem lächerlichen und eingebildeten alten Verschwender, verheiraten wollte. Die Eltern Valerios gaben sich dagegen die größte Mühe, ihren Sohn mit Signora Ridi zu verheiraten, einer ehrwürdigen und reichen Witwe, die ihm aber gar nicht gefiel und die auch selbst keinerlei Neigung zu ihm verspürte, weil sie ihn für einen hohlen und leichtsinnigen Menschen hielt.

»Ich suche gar nicht, sie von dieser Meinung abzubringen; im Gegenteil: ich tue alles mögliche, um ihr jeden Gedanken an eine Verbindung mit mir zu verekeln. Ich ärgere mich weniger über sie und über meine Angehörigen, als über diese beiden Vogelscheuchen: den Grafen Parabosco und den Signore Thisbe. Ihr könnt Euch gar nicht vorstellen, wie unerträglich mir diese beiden aufgeblasenen und manierierten Kerle sind. Es freut mich, daß ich in Euch einen Freund gefunden habe, der mir helfen kann!«

Er drückte mir fest die Hand und sagte, daß ich auch meinerseits immer auf seine Hilfe und seinen Beistand rechnen dürfe.

So erwerbe ich mir Freunde ganz zufällig und ohne die geringste Mühe. Entweder sind die Florentiner besonders geneigt, Freundschaften zu schließen, oder in meinem Äußern liegt etwas Einnehmendes. Zu Hause wurde ich zwar wenig geschätzt, aber es ist bekannt, daß kein Prophet in seinem Vaterlande etwas gilt. In dieser Gemütsverfassung kaufte ich mir zunächst neue Schuhe mit Schleifen und begab mich darauf zu Signore Cagliani. Er empfing mich überaus freundlich und begann sofort girrend und augenrollend von seinen Bühnenerfolgen zu sprechen, als plötzlich von der Straße her Geigentöne erklangen; die Geigen wurden erst gestimmt.

»Es ist eine Serenade! Mein Ehrenwort, eine Serenade! Ich will es nicht leugnen: Berühmtsein hat auch seine Annehmlichkeiten!«

Er machte die Fensterläden auf, die Geigentöne wurden lauter, aber es war noch kein richtiges Spiel. Die Musiker wollten gerade mit einem Stück beginnen, als plötzlich vor dem Hause eine andere Musikergesellschaft erschien, welche behauptete, daß nur sie hier zu spielen hätte, und die zuerst erschienenen Spielleute zu vertreiben suchte. Anfangs wurde nur geschimpft, dann griff man zu Pflastersteinen, nachher zu den Bögen und Geigenkästen und schließlich auch zu den Instrumenten selbst. Im Hause war jedes Wort zu hören. Signore Cagliani war sehr aufgeregt und rief den Musikern zum Fenster hinaus: »Haut zu! So ist's recht!« Plötzlich fiel ihm aber etwas ein, und er schrie hinaus:

»Für wen ist die Serenade bestellt?«

»Für Signorina Clementina Cagliani.«

Der Sänger schlug schnell das Fenster zu, wandte sich zu mir und sagte wegwerfend:

»Ach, es ist nicht der Rede wert! Wenn diese jungen Leute nur irgendwo einen Unterrock wittern, so kommen sie gleich mit ihrer Katzenmusik!«

Ich wagte nicht, ihn an die Annehmlichkeiten des Berühmtseins zu erinnern, um so mehr, als in diesem Augenblick Clementina ins Zimmer trat. Der Onkel fiel sofort über sie her.

»Was ist das für ein Lärm?« fragte sie eintretend.

»Was das für ein Lärm ist? O heilige Unschuld! Das solltet Ihr besser wissen, was das für ein Lärm ist. Eure Kavaliere sind sich in die Haare geraten. Euch fällt natürlich gar nicht ein, an Euren kranken Onkel zu denken, der Euch ernährt und der jeden Augenblick sterben kann! Ihr denkt gar nicht daran, was das für ein Verlust für die Kunst wäre! Euch ist alles gleich, wenn Ihr nur Eure Herde von Liebhabern habt. Schlange!«

»Was für eine Herde von Liebhabern? Seid Ihr bei Sinnen? Ihr gebt Euch ja selbst Mühe, mir alle möglichen dummen Freier aufzudrängen wie zum Beispiel den Grafen Parabosco.«

»Habe ich dir vielleicht auch den Procacci aufgedrängt?«

»Valerio hat damit nichts zu schaffen.«

»Wieso hat er damit nichts zu schaffen? Ich werde dich enterben!«

»Ich habe mein eigenes Kapital, wenn Ihr es noch nicht veruntreut habt.«

»Diese Frechheit!«

»Ihr werdet Eure Stimme verlieren.«

»Ja, ich werde meine Stimme verlieren, ich werde verarmen und sterben, und du wirst an allem schuld sein!«

»Macht Euch nicht zum Narren! Auf der Straße ist ja jedes Wort zu hören.«

»Soll man's nur hören! Ich habe vor niemand Angst.«

»Ihr seid einfach lächerlich!«

»Wer ist lächerlich? Ich? Meinen Stock her! Im Vorzimmer hinter der Truhe, links in der Ecke steht mein dicker Stock!« winselte Cagliani. Von der Straße her klangen bereits Hilferufe und Waffengeklirr. Ich eilte hinunter, um zu erfahren, ob Valerio nicht verwundet sei; jemand stieß mich aber so heftig in die Rippen, daß ich in eine Nebengasse flog, von wo aus ich mich schleunigst nach Hause begab.

5.

Es war mir nicht vergönnt, bei dieser Gelegenheit Signore Procacci, für den ich eine so aufrichtige Neigung und Hingebung empfand, zu sehen. Valerio war nämlich seit diesem Vormittag verschwunden, und niemand wußte, wo er sich aufhielt. Man hätte annehmen können, daß er vom Grafen Parabosco umgebracht worden sei, wenn Clementina nicht vollkommene Ruhe bewahrte, was im Falle seines gewaltsamen Todes wohl kaum möglich wäre. So vergingen etwa fünf Tage. Gelegentlich eines zweiten Besuches im Hause der Signora Ridi erfuhr ich, daß die Dame, die mich bei meinem ersten Besuche so sehr bezaubert hatte, nur eine Magd Scolasticas war: wie es bei Damen von gottgefälligem Lebenswandel oft der Fall ist, hatte sie ausgesucht liederliche Dienstboten. Ich muß gestehen, daß die Anziehungskraft, die sie auf mich übte, durch diese Entdeckung in keiner Weise beeinträchtigt wurde; sogar im Gegenteil: ihre Reize wirkten auf mich mit noch größerer Kraft, als es sich erwies, daß sie nicht unzugänglich waren. Es kam so weit, daß sie mich zu einem Rendezvous einlud, doch nicht in ihrer Kammer und nicht in meinem Gasthause, sondern draußen im

Wäldchen vor der Stadt, wozu sie wohl vom angenehmen Wetter verleitet worden war.

»Bei der Hütte des Anachoreten«, sagte sie.

»Eines Anachoreten? Gibt es denn heutzutage noch Anachoreten?«

»Gewiß! Weißt du denn nicht, daß erst vor einigen Tagen hier vor der Stadt ein heiliger Einsiedler aufgetaucht ist, von dessen göttlichem Lebenswandel die ganze Stadt spricht? Er flieht aber die Menschen, was die letzteren natürlich um so mehr zu ihm hinzieht.«

Ich hatte noch nichts von diesem Anachoreten gehört, versprach ihr aber, abends in das Wäldchen zu kommen.

Das Wäldchen befand sich etwa drei Meilen von der Stadt entfernt. Ich kam lange vor der Stunde hin, wo die Sonnenstrahlen schräg zu fallen und den verzärtelten Stadtbewohnern angenehm zu werden beginnen. An diesem Tage war die Sonnenglut durch die dichten Wolken, die ab und zu über den Himmel zogen und sich zu einer Regenwolke anzusammeln drohten, etwas abgeschwächt. Bald begann es zu regnen, aber Santina, so hieß die Schöne, die ich ursprünglich für Signora Ridi gehalten hatte, war noch immer nicht da. Das Warten im Regen wurde mir zu dumm, und ich beschloß, in der Hütte des Anachoreten Zuflucht zu suchen, die sich übrigens als ein ganz gewöhnlicher verfallener Heuschober ohne Heu herausstellte. In der halbfinsteren Hütte war niemand da. Ich kletterte auf den Heuboden hinauf und spähte durch die Ritzen hinaus, ob meine Geliebte noch nicht käme; gleichzeitig lauschte ich auf jeden Ton, der von unten drang.

Bald ging die Türe auf, und in der Hütte erschien der Einsiedler, eine vermummte und durchnäßte Dame am Arm.

»Das ist ein netter Einsiedler!« dachte ich mir. »Er bringt sich gar Damen mit! Es ist aber auch möglich, daß sie sich einfach verirrte und er sich ihrer in väterlicher Sorge annahm, um ihr Schutz und Obdach zu geben.«

Der Einsiedler benahm sich aber trotz seines langen Bartes durchaus nicht wie ein Vater. Das Paar küßte und herzte sich mit solcher Leidenschaft, daß ich Santina und ihre Treulosigkeit vergaß. Die beiden gerieten immer mehr in Hitze. Er half der Dame, aus dem Mantel und bedeckte ihre bloßen Schultern mit Küssen. Schließlich nahm er sich seinen langen Bart ab und stand, zu meinem größten Erstaunen, als Valerio Procacci da. Nun nahm auch die Dame die Larve vom Gesicht und stellte sich als Clementina Cagliani heraus. Ich schrie vor Entzücken beinahe auf, als ich dieses Liebespaar sah, dessen Glück mir wirklich nahe ging; außerdem waren die beiden so hübsch, daß auch jeder andere an meiner Stelle entzückt sein müßte. Der Regen hatte inzwischen aufgehört, aber Signora Clementina blieb immer da. Ich sah, wie Santina zum Stelldichein kam und wieder fortging; ich konnte ihr aber nicht zurufen, daß ich da sei, ohne meine Anwesenheit dem Paare unter mir zu verraten. Wahrscheinlich machte ich aber in meinem Ärger irgendeine allzu heftige Bewegung, denn die Dame riß plötzlich ihren Mund vom Munde Valerios los und fragte:

»Was hat eben geknarrt? Ist jemand oben?«

»Wer soll oben sein? Es ist dir nur so vorgekommen!« antwortete der junge Mann und küßte sie wieder.

»Nein wirklich, dort rührt sich jemand!«

Nun hielt ich es selbst nicht länger aus, steckte meinen Kopf hervor und sagte laut, um die beiden zu beruhigen:

»Seid unbesorgt, Signore Valerio: das bin nur ich.«

Clementina schrie auf und lief flink wie ein Reh hinaus. Valerio sah mich eine Weile erstaunt und sogar erbost an und brach plötzlich in Lachen aus, indem er sagte: »Tommaso, Tommaso, du mordest mich! Es ist noch dein Glück, daß du dich nicht früher gemeldet hast, sonst hätte ich dich windelweich geprügelt! Wie kommst du her?«

Ich kletterte von meinem Posten hinunter und gab zunächst meiner Freude darüber Ausdruck, daß Procacci am Leben und anscheinend auch sehr glücklich sei. Nachdem wir über Valerios Verkleidung und meinen Beobachtungsposten gelacht hatten, brachten wir das Gespräch auf ernstere Dinge, wobei ich erfuhr, daß ich meinem Freunde bald wieder einen Dienst erweisen können werde. Er vertauschte die Mönchskutte mit seiner gewöhnlichen Kleidung, drückte mir die Hand, umarmte mich und sagte träumerisch:

»Tommaso, du solltest doch Signora Scolastica heiraten!«

»Was fällt Euch ein! Sie wird mich ja gar nicht nehmen wollen.«

»Das ist schon meine Sache und geht dich gar nichts an.«

»Es geht mich gar nichts an? Ich soll sie doch heiraten!«

»Das kann alles Signore Albano einrichten.«

»Ich höre diesen Namen zum erstenmal.«

»Wohl möglich, ändert aber nichts an der Sache.«

»Ich muß gestehen, daß ich noch niemals an diese Heirat gedacht habe, die mich, offen gestanden, wenig reizt.«

»Das ist wieder etwas anderes.«

»Ich würde sogar vorziehen, Santina, die Magd der Signora Ridi, zu heiraten.«

Valerio lächelte.

»Das wäre unüberlegt von dir. Santina ist durchaus keine Dame, die zu heiraten es sich verlohnte. So oft du nach Florenz kommst, wird sie dir immer zur Verfügung stehen.«

Nun fiel mir mein Patron und sein Tuchgeschäft ein, und ich mußte zugeben, daß Procacci recht hatte; ich gab jeden Gedanken an eine Heirat auf und malte mir aus, was für Genüsse mich bei meinen nächsten Besuchen in Florenz erwarteten.

Ich kann nicht sagen, daß Valerio trauriger als gewöhnlich war; er war nur ernster. Sein Gesicht war überhaupt so beschaffen, daß es keinerlei melancholische Gefühle ausdrücken konnte. Er begleitete mich bis zur Stadtgrenze und sagte mir noch einmal, daß ich immer auf seine Hilfe und seinen Beistand rechnen dürfe. Ich blickte ihm lange nach und ging dann langsam in die Stadt, während meine Gedanken mehr mit dem Schicksale Clementinas, als mit meinem verpaßten Stelldichein beschäftigt waren.

6.

Santina empfing mich am nächsten Tage gegen meine Erwartung ganz ohne Scheltworte; sie hielt nur ihre Augen kühl gesenkt und gab sich Mühe, zurückhaltend zu erscheinen, soweit es ihr lebhaftes und feuriges Temperament gestattete. Es war mir, ich weiß nicht warum, durchaus gleichgültig, ob sie mir zürnte oder nicht, und ich betrachtete kühner als sonst ihre braunen Wangen und ihre zuckenden Augenlider. Ich erdreistete mich sogar, sie im Vorbeigehen um die Taille zu fassen. Dies brach anscheinend das Eis, und Santina flüsterte mir so entzückend die Worte: »Räudiger Schuft« zu, daß mir schon wieder der bereits fallen gelassene Gedanke an die Heirat in den Sinn kam. Signora Scolastica saß traurig am Fenster und zählte Silbergeld, das vor ihr in einer Schatulle lag. Sie hob ihre grauen Augen und sagte leise:

»Mein guter Tommaso, Signore Albano hat mir so viel von Euch erzählt; er sagte mir, wie bescheiden und wie hingebungsvoll Ihr seid. Mein kränklicher Zustand gestattete mir nicht, Euren schönen Eigenschaften die gebührende Beachtung zu schenken, doch vor dem Herrn bleibt nichts verborgen.«

Nun fiel mir der Vorschlag Procaccis ein, und ich sah mit großer Bestürzung, wie sich die Hand der Signora Scolastica auf meinen grauen Ärmel legte.

Die Dame sprach wie im Traume, langsam und leidenschaftlich, ohne die Augen von mir zu wenden oder die Hand von meinem Ärmel zu nehmen. Es wurde mir plötzlich so furchtbar traurig zumute, und ich wandte mich zum Fenster, das auf die Straße hinausging. Ich erblickte draußen zwei Gestalten, die einige Augenblicke später im Zimmer der Signora Ridi erschienen. Es waren Signore Cagliani und ein mir unbekannter langer, hagerer Herr ohne Perücke; am linken Beine fehlte ihm das Strumpfband, doch die übrigen Bestandteile seiner Toilette ließen vermuten, daß diese Unordentlichkeit dem Begleiter des Signore Thisbe sonst durchaus nicht eigen war.

»Mein Gott, was ist denn geschehen, Graf Parabosco?« rief Scolastica aus, sich erhebend, um die Gäste zu begrüßen. Das war also die Hopfenstange, die Clementina hätte heiraten müssen! Ich begriff sofort die ganze Empörung Procaccis. Cagliani zeigte mehr Geistesgegenwart als der kaltgestellte Freier und teilte ziemlich ruhig mit, daß seine Nichte während der gestrigen Vorstellung mit Valerio durchgebrannt sei und sich mit ihm vom Anachoreten habe trauen lassen. Ich überlegte mir, wie es möglich wäre, daß Procacci die Trauung an sich selbst hätte vollziehen können. Der Graf saß indessen hilflos da; seine Nase war rot geworden, und er nestelte an seinem linken Strumpfe, der immer wieder hinunterrutschte.

»Diese Schlange! Diese Schlange!« flüsterten seine Lippen.

Signore Thisbe ging gravitätisch auf Signora Ridi zu und sagte ihr recht ungezwungen, zugleich aber galant:

»Liebe Signora Scolastica, ich bin viel mehr um Euch besorgt, als um den verschwundenen jungen Mann oder um meine Nichte. Jene werden leicht erreichen, wonach sie gestrebt haben; aber Ihr, Ihr, die Ihr so unschuldig leiden müßt! Diese verkannte Güte!«

»Ihr schmeichelt mir!«

»Nicht im geringsten. Ich weiß, welche Gefühle Ihr jenem jungen Mann gegenüber hegtet. Was mich betrifft, so bin ich sogar froh, daß ich diese unedle Last los bin. Gestern konnte sie nicht einmal das Ende des zweiten Aktes von ›Pyramus und Thisbe‹ abwarten und brannte noch vor meiner Glanzleistung, vor meinem Triumphe durch! Ihr wißt, der wahre Künstler braucht Ruhe; und wenn er zuweilen Aufregung braucht, so doch nur eine leichte und angenehme.«

Graf Parabosco begann nun wieder zu jammern. Signore Cagliani wandte sich zu ihm, drehte sich aber plötzlich auf dem Absatze um und rief aus:

»Ich bin doch genial! Wer wird daran zweifeln?«

Scolastica wartete schweigend, was weiter kommen würde.

»Ihr und er! Hahaha! Ist es denn nicht genial? Rache, süße Rache!«

»Ich begreife Euch nicht!«

»Heiratet doch den Grafen.«

»Meint Ihr?«

»Gewiß meine ich es. Wen denn sonst? Graf, kniet nieder.«

»Wartet, mir rutscht immer der Strumpf hinunter.«

»Was? Der Strumpf? Das macht nichts!« »Wartet, Signore Cagliani, ich will es mir noch überlegen«, protestierte Signora Ridi. Doch der Sänger frohlockte bereits:

»Wenn eine Frau sich etwas überlegen will, so ist sie schon einverstanden!«

Erst in diesem Augenblick bemerkte er mich.

»Ach, auch der gute Tommaso ist hier!« Mit gedämpfter Stimme fügte er hinzu: »Jetzt habe ich etwas mehr freie Zeit und will mir gerne Eure Muster ansehen.«

Es war mir aber nicht beschieden, von seiner Aufforderung Gebrauch zu machen: Zu Hause erwarteten mich ein Brief von meinem Patron, der mich aufforderte, sofort nach Pistoja zurückzukehren, und jener Giacomo Castagno, der mich, wie es sich herausstellte, während der ganzen Zeit gesucht hatte, um von mir die Adressen seiner Klienten zurückzuverlangen und mir meine Liste zurückzugeben, die ich am ersten Abend im »Phönix« mit der seinigen vertauscht hatte. Valerio lebt in glücklicher Ehe mit Clementina und läßt oft von sich hören. Signora Scolastica heiratete, fast ohne es zu merken, den Grafen, und Signore Cagliani erntet noch immer Lorbeeren in der Rolle der Thisbe, ohne meine Muster gesehen zu haben. Welch köstliche Muster lieferte mir aber Florenz: Muster von Liebe und Prätension, von komischen und traurigen Zufällen, Schicksalslaunen und echten Gefühlen!

Eine Panne

In der Stadt hätte man sich im Notfalle auf einen grauen Schneehaufen hinsetzen können; aber hier, sieben Werst von Zarskoje Ssjelo!

Das Auto lag auf der Seite, durch einen tiefen Graben von der pfützigen Landstraße getrennt. Jekaterina Petrowna blickte dem Chauffeur, der sich ohne Pelz entfernte, nach und lächelte.

»Sehen Sie, Miß Betty, wie gefährlich solche Geständnisse sind: Selbst das Auto hielt es nicht aus und kippte um ...«

Die kleine Engländerin streckte ihre Arme aus, wie um Hilfe flehend.

»Nun, das macht nichts! Jetzt müssen wir an die zwei Stunden durch den Schmutz marschieren. Was soll man tun? Sie hätten sich eben nicht verlieben sollen!«

»Katja, Sie selbst ...«

»Was habe ich selbst? Habe ich mich selbst in Wolodja verliebt? Bei uns ist so etwas von den Gesetzen verboten, und ich bin vernünftig. Wolodja ist ja mein Bruder.«

»Sie haben mich selbst zu diesem Geständnis gezwungen ... Sie haben mir mein Geheimnis entrissen und lachen jetzt über mich ... Sie sind ein böses Mädchen, Katja!«

»Ich lache gar nicht. Wenn es Ihnen unangenehm ist, so will ich aufhören. Das Warten ist aber langweilig. Es ist noch gut, daß es nicht kalt ist und nicht regnet.«

Jekaterina Petrowna blickte zum blaßbraunen Himmel empor, schlug die Schöße ihres weiten Mantels übereinander und fuhr fort:

»Daß sich Mama nur nicht beunruhigt. Ins Theater kommen wir natürlich zu spät.«

Die Engländerin schien das Traurige und Lächerliche ihrer Lage gar nicht zu merken; mitten auf der einsamen Landstraße, in der Nässe, ganz ohne Schutz und Wehr gegen einen möglichen Regen und die Laune des ersten besten Passanten, war sie vielleicht auch nicht ganz ungefährlich. Sie schien vergessen zu haben, daß sie eigentlich die Beschützerin und Erzieherin des ihr anvertrauten jungen Mädchens war, und schmiegte sich, als ob sie die jüngere wäre, ängstlich an Jekaterina Petrowna. Diese erriet offenbar den Seelenzustand ihrer Begleiterin, lächelte ihr etwas gönnerhaft zu und sagte:

»Ach liebe Miß, wie kommen Sie nur dazu? Ich hätte es von Ihnen wirklich nicht erwartet!«

»Sie sollen nicht lachen, sprechen Sie doch, bitte, von ihm! Ich habe so lange geschwiegen!«

»Was soll ich Ihnen von Wolodja erzählen? Erzählen Sie lieber, wie es gekommen ist: Sie haben wirklich so lange geschwiegen, daß ich von der Sache gar nichts weiß.«

Die Engländerin ging bis zur nächsten Pfütze, kehrte um und begann etwas unsicher:

»Was soll ich Ihnen erzählen, Katja? Ich weiß wirklich nichts ... Das kam gar nicht plötzlich, und auch nicht bei unserer ersten Begegnung. Ich hielt Wladimir Petrowitsch für einen hohlen jungen Mann, und selbst sein Äußeres gefiel mir nicht. Ich wußte auch sehr gut, daß er in seiner gesellschaftlichen Position mich gar nicht heiraten kann; warum sollte ich ihn lieben? Das bloße Anschwärmen, von dem man in Romanen liest, kam mir immer lächerlich vor. Wer hätte es ahnen können, daß ich dasselbe wie die Heldinnen der abgeschmackten Novellen durchmachen werde, über die ich so oft lachte?! Das geschah im September, als Wladimir Petrowitsch einrücken sollte. Eines Morgens stand er sehr früh auf, und wir waren am Frühstückstisch allein. Er nahm die Tasse aus meiner Hand und sagte: ›Ja, Miß Betty, ich gehe bald fort, und Sie werden mir keinen Kaffee mehr einschenken können. Vielleicht werden Sie manchmal an mich denken.‹ Er sagte das ziemlich gleichgültig, ganz wie wenn er mit einem Portier sprechen würde; aber der Gedanke, daß ich sein Gesicht, das mir gar nicht gefiel, vielleicht niemals wiedersehe, machte auf mich solchen Eindruck, daß ich die Hand Ihres Bruders ergriff und ihm, vielleicht etwas lebhafter, als ich es hätte tun sollen, sagte: ›Nein, wir werden Sie nicht vergessen, ich werde Sie nicht vergessen, Wladimir Petrowitsch!‹ Er merkte nichts und sagte ebenso gleichgültig und freundlich wie vorhin: ›Ich danke Ihnen, Miß, Sie sind sehr gütig!‹ Mit diesen Worten verließ er das Zimmer. Auf einmal machte er auf mich einen etwas bekümmerten Eindruck. An diesem Tage fing es an. Und jetzt kann ich nicht schweigen, Katja, ich kann einfach nicht schweigen!«

»Es ist gut, Miß, daß Sie mir alles erzählt haben. Nach einem solchen Geständnis fühlt man sich immer erleichtert.«

»Es ist so seltsam: Ich verstand bis dahin nichts von den Kriegsereignissen, von denen ich in der Zeitung las; ich weiß sehr wenig von

Geographie und verwechsle alle Ortsnamen. Doch von jenem Tage an fiel es mir wie Schuppen von den Augen: ich wußte plötzlich ganz genau, wo jedes Nest liegt und was die eine oder die andere Truppenverschiebung bedeutet. Die Zeitungsberichte deutete ich oft in einem für uns zu günstigen Sinne, aber mein Instinkt ließ mich auch darin nicht im Stich.«

»Sie sind furchtbar überspannt, liebe Miß! Gut und lieb, aber überspannt! Und doch tun Sie mir etwas leid.«

»Warum denn, Katja, warum? Glauben Sie, daß Ihr Bruder mich nicht liebt? Ich weiß es, deswegen liebe ich ihn aber nicht weniger.«

Jekaterina Petrowna runzelte die Stirne und sagte durch die Zähne: »Nein, das könnte ich nicht!«

Sie schwieg und richtete ihren Blick in die Ferne der Landstraße, auf der sich noch immer niemand zeigte. Dann sah sie nach der Uhr und sagte sehr ruhig:

»Es ist bald sechs. Wo mag nur unser Pjotr hingekommen sein? Ich fürchte nur das eine: daß man sich zu Hause unnütz aufregt.«

Die beiden Mädchen blickten so aufmerksam in die gleiche Richtung, daß sie gar nicht merkten, wie sich ihnen aus der entgegengesetzten Richtung ein anderes Auto näherte, das auf der schlechten Straße heftig rüttelte und in der Dämmerung kaum sichtbar war. Erst als es ganz nahe herangekommen war und plötzlich keuchend stehen blieb, wandten sie sich nach ihm um. Im Fenster des Autos erschien ein Frauenkopf und eine behandschuhte Hand, mit der die Dame ihrer kaum hörbaren Stimme durch Gebärden nachhalf. Sie sprach sehr schnell, so daß man nur einzelne französische Worte verstehen konnte. Als die Dame sah, daß die beiden Mädchen nicht zu ihr kamen, stieg sie aus dem Auto und ging selbst, immer noch sprechend, auf sie zu. Sie war klein gewachsen, und ihre lebhaften Handbewegungen und ihr hübsches starkgeschminktes Gesicht drückten höchstes Entsetzen aus.

»Ist Ihnen etwas zugestoßen?« fragte Jekaterina Petrowna.

»Mir? Nein! Was sollte mir zustoßen?! Aber Ihnen, armes Kind! Ich sehe: zwei Damen stehen mitten auf der Landstraße, das Auto liegt auf der Seite, und lasse André halten ... Sie warten auf Ihren Chauffeur? Das sind ja schreckliche Menschen! Obwohl sie jetzt weniger trinken. Ich hätte den meinigen schon längst davongejagt, er macht aber immer ein so unglückliches, schuldbewußtes Gesicht, daß ich es nicht übers Herz bringe! Ich kann keine schuldbewußten Gesichter sehen. Wie heißt es noch bei eurem Dostojewskij: ›Alle gegen dich, du gegen alle, und niemand hat Schuld‹. Oh, ihr seid ein junges, noch unverbrauchtes Volk! Glauben Sie nur nicht, daß ich etwas von Dostojewskij gelesen habe ... Ich habe keine Zeit dafür; aber mein Freund gebraucht oft diese Worte, wenn er mich hintergeht.«

Die Dame hielt plötzlich inne, seufzte auf und fuhr nach einem Augenblick wieder fort:

»Sie kommen natürlich mit mir. Dem Chauffeur lassen wir hier einen Zettel zurück. Sie werden bei mir einkehren und etwas Warmes trinken: Sie sind ja beide durch und durch naß und halb erfroren. Für eine Viertelstunde müssen Sie zu mir hinauf. Dann bringe ich Sie nach Hause. Ich kann Sie doch nicht in dieser Lage zurücklassen ...!«

Jekaterina Petrowna und Miß Brighton protestierten gar nicht, denn die Unbekannte ließ ihnen keine Zeit, auch nur ein Wort zu sagen. Sie sprach ununterbrochen und drängte sie zu ihrem Auto, als ob sie Kücken in einen Geflügelstall hineintriebe. Nachdem sie die Autotüre zugeschlagen hatte, seufzte sie erleichtert auf, lehnte sich zurück und sagte:

»Ich heiße Claudine Pellier. Dieser Name sagt Ihnen wahrscheinlich nichts, aber in gewissen Kreisen ist er sehr bekannt, sogar berühmt. Ein jeder macht sich mit dem berühmt, was er eben kann.«

Als die Französin den Namen Gambakow hörte, warf sie Jekaterina Petrowna einen raschen aber durchdringenden Blick zu und fragte:

»Haben Sie keinen Verwandten im Felde?«

»Mein Bruder steht im Felde. Vielleicht kennen Sie ihn?«

»Ich glaube nicht ... Jeder hat ja jetzt jemanden im Felde stehen ...!«

Claudine bestand darauf, daß die beiden Mädchen bei ihr einkehrten. Sie bat sie darum so freundlich und aufrichtig, ihre Wohnung lag wirklich so wenig von ihrem Wege entfernt, und Jekaterina Petrowna und Miß Betty waren so erfroren und hungrig, daß alle Umstände die Bitte der mitleidsvollen Französin unterstützten.

»Höchstens für eine Viertelstunde!« sagte sie noch einmal, als sie die beiden jungen Mädchen in einen kleinen Salon hineingeleitete. Dann ging sie hinaus, um sich nach Kaffee und Kognak umzusehen.

»Das ist ein amüsantes Abenteuer!« sagte Jekaterina Petrowna leise. »Die ganze Fahrt war überhaupt sehr romantisch; zuerst Ihr Geständnis, dann die Panne und jetzt diese Begegnung. Ich hoffe, daß es für heute das letzte Abenteuer ist ...«

»Was mag wohl diese Dame sein?« fragte die Engländerin nachdenklich.

»Ist es denn nicht ganz gleich?! Irgendeine Schauspielerin oder Varietésängerin ... Ich weiß es wirklich nicht! Wir sehen sie höchstwahrscheinlich zum letztenmal in unserm Leben. In jedem Falle ist sie wohl ein guter Mensch.«

»Ich habe nur den einen Wunsch: so bald als möglich nach Hause zu kommen oder wenigstens hinzutelephonieren.«

Miß Brighton ging zum kleinen Schreibtisch, auf dem zwischen allerlei Schachteln und Photographien ein Telephonapparat stand. Sie hatte aber noch nicht Zeit, das Hörrohr abzuhängen, als sie sich plötzlich in den nächsten Sessel fallen ließ.

»Warum telephonieren Sie nicht, Miß?«

Keine Antwort. Jekaterina Petrowna ging schnell auf die regungslose und blasse Engländerin zu, ergriff ihre Hände und fragte:

»Was ist denn geschehen? Was haben Sie plötzlich?«

Miß Betty zeigte stumm auf eine Photographie, die einen jungen Mann in Militäruniform darstellte und mit der Aufschrift versehen war: »Den lieben Füßchen der lieben Clau-Clau von ihrem Wowa.«

»Ist es nicht Wolodja?«

Jekaterina Petrowna las die Widmung laut vor. Die aufgewühlten Sinne der Engländerin hatten anscheinend nur auf diese Worte gewartet, um sie ganz zu verlassen. Sie fiel nicht um, da sie in einem recht breiten Sessel saß, aber ihr Kopf sank hilflos zurück, und ihre Hände, die sie ans Herz preßte, glitten wie leblos hinab.

»Miß, Miß, was haben Sie denn? Das ist zu dumm! Wir wollen ja gleich weiterfahren ...«

Aus dem Nebenzimmer erklang Claudines Stimme: »Wer will gleich weiterfahren? Was muß ich hören? Sie werden zuerst den Kaffee trinken! Was hat denn Ihre Freundin? Ist ihr nicht wohl?« rief sie aus, als sie in den Salon trat. Sie knöpfte schnell dem jungen Mädchen die Taille auf und benetzte ihre Schläfen mit Eau de Cologne, das zufällig in der Nähe stand.

»Sie kommt gleich wieder zur Besinnung. Sie ist nur müde: zuerst die ungeheure Anspannung der Nerven und dann die ebenso plötzliche

Entspannung ... Fürchten Sie nicht, mein Kind, das kommt öfters vor. Ihre Freundin ist doch unverheiratet, ich meine, sie ist noch Mädchen?«

»Ja.«

»Die Arme!« sagte die Französin und küßte die Bewußtlose auf die Stirn.

»Woher haben Sie das Bild meines Bruders?«

»Woher ich dieses Bild habe? Woher ich alle anderen Bilder habe ... Ich kenne ihn gut. Ich kann es Ihnen nicht genauer erklären ...«

»Ich verstehe Sie«, unterbrach sie Jekaterina Petrowna und verstummte.

»Sie können natürlich meine Worte so auffassen, wie sie meine Bemerkung eben aufgefaßt haben, aber ich habe ihn von Herzen lieb. Es ist eine echte Liebe und kein gewöhnliches Verhältnis. Ich liebe ihn, weil er so hübsch und lustig ist und weil er ein Held ist. Ich weiß: es ist eine Herzensaffäre, ohne die eine Frau nicht leben kann. Vielleicht hätte ich Ihnen gar nichts sagen sollen. Verzeihen Sie, das kam ganz von selbst.«

Claudine wurde sogar rot vor Aufregung, sie behielt das Bild in der Hand, mit der sie im Sprechen lebhaft gestikulierte. Jekaterina Petrowna drückte der Französin plötzlich die Hand und sagte:

»Ich bin in solchen Dingen natürlich unerfahren, aber ich verstehe Sie. Ich danke Ihnen.«

Die Französin freute sich, wie ein Kind, dem man eine Unart verziehen hat. Sie wurde lustig, faßte Jekaterina Petrowna um die Taille und sagte in freundschaftlichem Tone:

»Nicht wahr? Wem kann das schaden? Und wenn es Ihrem Bruder einmal einfällt, zu heiraten, werde ich denn einen Skandal machen? Um nichts in der Welt! Natürlich, wenn irgendeine Kollegin von mir mit ihm kokettierte, so würde ich sie mit meinem Sonnenschirm verprügeln oder ihr die Haare ausraufen; doch in diesem Falle: Geschäft bleibt eben Geschäft, und Liebe ist wieder etwas für sich. Nicht wahr?«

Jekaterina Petrowna lächelte, hatte aber nicht Zeit, etwas zu sagen, da Miß Brighton in diesem Augenblick zur Besinnung kam. Sie hatte vielleicht einen Teil des Gesprächs gehört, oder es war ihr während ihrer Ohnmacht klar geworden, warum sich das Bild Gambakows in diesem Hause befand; jedenfalls ergriff sie die Französin bei der Hand und sagte leise:

»Sie sind so glücklich, Mademoiselle!«

Diese warf Jekaterina Petrowna einen fragenden Blick zu. »Ja, ja!« fuhr das Mädchen kaum hörbar fort. Claudine runzelte die Stirn und war im Begriff, ihre Hand den schmalen Fingern der Engländerin zu entreißen. Fräulein Gambakow, die diese stumme Szene beobachtet hatte, trat freundschaftlich dazwischen:

»Sie sollen nicht eifersüchtig sein, Mademoiselle Claudine. Die Liebe der Miß Brighton ist für Sie ungefährlich. Wollen wir doch lieber zu dritt warten, daß Wolodja heil und gesund zurückkehrt. Eine jede von uns liebt ihn auf ihre Weise.«

Die Französin nahm Jekaterina Petrowna auf die Seite und fragte mit leiser Stimme:

»Hat diese Engländerin vielleicht irgendwelche Rechte auf Wolodja? Das kommt doch vor. Sie wohnt ja bei Ihnen im Hause ...«

»Nein, nein ... ich versichere Sie, sie hat noch niemals von ihrer Liebe ...«

»So ist das Ganze Unsinn, pure Einbildung?«

»Ja!«

»Wie komisch!«

»Vergessen Sie nicht, daß sie Engländerin ist.«

»Sie haben recht: wenn ein vernünftiger Mensch Dummheiten macht oder für etwas schwärmt, so macht er es gründlich und gewissenhaft.«

Claudine hatte ihre heitere Laune wiedergewonnen und nötigte die beiden, Kaffee zu trinken; es war aber schon zu spät. Sie nahmen voneinander Abschied wie Freundinnen. Miß Brighton faßte sich ein Herz und sagte ganz unerwartet:

»Verzeihen Sie, Mademoiselle, gestatten Sie, daß ich Sie einmal besuche. Sie werden mir irgend etwas von Wladimir Petrowitsch erzählen.«

»Gewiß, gewiß, ich kann Ihnen nette Sachen von ihm erzählen!« rief Claudine lachend aus.

Jekaterina Petrowna unterbrach sie:

»Erzählen Sie nicht zu viel, Claudine. Vergessen Sie nicht, daß Sie eine englische Miss vor sich haben.«

»Nein!« sagte die Engländerin. »Sie kann mir von ihm alles erzählen, auch die ›netten Sachen‹! Das macht nichts ...!«

»Meine Liebe, wir sprechen hier so, Wolodja kommt aber eines Tages zurück und heiratet irgendeine Dame aus unsern Kreisen, die er liebt.«

Claudine und Miß Brighton sahen sie erstaunt an. »Nun ja«, sagte Claudine, »was soll man machen! Jedermann wird mit der Zeit solid! Der Mensch kann sich aber auch an alles gewöhnen. Ich werde daran nicht sterben. Nein. Dazu bin ich viel zu lebenslustig!«

»Und ich?« bemerkte Miß Brighton. »Und ich? Ich werde mich natürlich nicht mehr verändern. Ich habe ja gar keine Rechte auf ihn, ich habe ihn einfach lieb!«

Ein Meister in seinem Fach

Meine Bekannten hatten im letzten Sommer zwei Dienstmädchen, die beide Polja hießen. Die eine hieß eigentlich mit dem richtigen Namen Pelageja und die andere Pawla; aber man nannte sie alle beide abgekürzt Polja, und zwar zur besseren Unterscheidung die eine »Zimmer-Polja« und die andere »Küchen-Polja«. Die Familie war vernünftig genug, um auf die weiblichen Dienstboten nicht den moralischen Maßstab anzuwenden, dem auch die Herrschaft selbst gar nicht entsprechen konnte; darum wurde von den Mädchen nichts mehr verlangt, als daß sie ihre Arbeit anständig verrichteten und ein sympathisches Wesen zeigten. In bezug auf Ausgänge und Herzensaffären genossen sie vollkommene Freiheit, von der aber eine jede auf ihre Art Gebrauch machte.

Pawla, oder die Küchen-Polja, hatte kein Verständnis für ruhige Gefühle; und wenn die Liebe nicht von Eifersucht, Verrat, Schlägen und der Gefahr, mit Vitriol begossen zu werden, begleitet war, so hielt sie sie nur für eine uninteressante Intrige. Die weniger romantisch gestimmte Zimmer-Polja machte ganz einfach die Bekanntschaft eines Meisters aus einer nahen Friseurstube und war bereits gegen Ende des Sommers mit ihm verlobt. Wir alle sahen öfters ihren Bräutigam: nicht nur wenn wir uns von ihm rasieren ließen, sondern auch, wenn er in seinem neuen Anzug, mit Handschuhen und Spazierstock in der Hand, die Zimmer-Polja spazieren führte.

Er hieß Denis Petrowitsch Kotow, nannte sich aber infolge der in seinem Berufe begründeten Vorliebe für alles Elegante und Gewählte nicht anders als »Monsieur Dionys«, worüber wir immer lachen mußten, weil uns dieser Name an den bekannten Roman »Zorn des Dionysos« erinnerte.

Dionysos war ein schwächlicher junger Mann, blond, und mit etwas schielenden Augen, was ihn aber gar nicht hinderte, sehr sorgfältig zu rasieren, wobei er nicht das französische System anwandte, dessen Hauptwitz darin liegt, daß man mit einem einzigen Hieb des Rasiermessers eine ganze Backe auf einmal abrasiert (es ist kein besonders angenehmes System), sondern das russische System, welches darin besteht, daß man jedes Fleckchen der Haut für sich leicht und sorgfältig abschabt und die ganze Arbeit als eine Art unendlich feine, augentötende Handarbeit betreibt. Er war sehr sanft und empfindsam und gebrauchte im Gespräch gerne gewählte Ausdrücke. Die Zimmer-Polja hätte einen besseren Gatten gar nicht finden können, um so mehr als Dionys, trotz seiner Vorliebe für elegante Kleidung, eine gewisse Summe zusammengespart hatte, mit der er in nächster Zeit ein eigenes Geschäft zu gründen beabsichtigte.

Die Zimmer-Polja teilte uns das alles so treuherzig und freudestrahlend mit, daß es uns ein Vergnügen war, die Entwicklung dieser empfindsamen und idyllischen Geschichte zu verfolgen.

»Polja, Sie sollten doch Ihren Denis Petrowitsch aufs Land schicken, damit er eine Kumys-Kur durchmacht. Er sieht gar zu kränklich aus.«

»Finden Sie? Nein, er ist vollkommen gesund; er sieht nur so schmächtig und unansehnlich aus, aber er ist gesund. Ich bin ja auch keine Riesin, mir genügt er ...«

Wir nahmen wohl mit Recht an, daß die verliebte Polja einfach Angst hatte, ihren Verlobten für die Dauer der Kur aus den Augen zu lassen, und daß sie vom Wunsche beseelt war, sobald als möglich ein glückliches Hauswesen mit ihrem schieläugigen Monsieur Dionys zu gründen.

Da brach aber der Krieg aus, und eines Tages hörten wir, daß der Friseur sich als Freiwilliger gemeldet hatte. Polja teilte uns dies mit demselben zufriedenen Gesicht mit, mit dem sie uns vorher von ihrer bevorstehenden Hochzeit erzählt hatte.

Diese Gleichgültigkeit war um so erstaunlicher, als das Mädchen sonst von einer übertriebenen Empfindsamkeit war. Sie hatte sich aber schon im voraus in die Rolle der tapferen und lustigen Helferin ihres zukünftigen Gatten eingelebt, der Gattin, mit der sich der Mann auf Schritt und Tritt berät, die ihn für gewissenhaft und rechtschaffen hält und die seine Entschlüsse immer unterstützt, auch wenn sie ihrem unverständigen Herzen noch soviel Kummer bereiteten. Auch diesmal konnte man aus ihren Worten die geschraubten Redewendungen ihres Dionys heraushören, die sie vielleicht nicht ganz verstanden, aber jedenfalls mit Liebe hingenommen hatte.

»Wie kann Denis Petrowitsch zurückbleiben, wo alle, halbe Kinder und solide Männer hinausziehen? Man wollte ihn anfangs auch gar nicht nehmen, denn er ist gar zu schmächtig und schielt ein wenig; aber er setzte es doch durch. Bedenken Sie nur: es ist eine Zeit, wie wir sie vielleicht nie wieder erleben! Es ist ja gewiß eine schwere Prüfung, aber man muß auch Gott danken, daß es uns vergönnt ist, diese Zeiten zu erleben und daß wir sagen dürfen: Auch wir waren dabei!«

»Und Sie wollen ganz allein zurückbleiben, Polja?«

Das Mädchen schien ganz erstaunt, daß man von ihr überhaupt sprach.

»Ich? Mein Gott! Was tun denn die anderen? Bin ich denn irgendwie besonders? Natürlich heiraten wir, bevor Denis Petrowitsch ins Feld kommt; gleich nach Maria Himmelfahrt wollen wir heiraten, damit es fester hält. Und dann werde ich warten. Der Krieg wird doch nicht ewig dauern! Wir wollen sogar das Geschäftslokal schon jetzt mieten.«

Polja war also wieder die Zimmer-Polja; das heißt, sie kehrte zu meinen Bekannten zurück. Dionys ließ sich mit ihr tatsächlich trauen und zog mit seinem Regiment hinaus; seine Frau band sich aber wieder die Schürze vor und nahm den Staubwedel in die Hand.

Als wir alle von der Sommerfrische in die Stadt zurückgekehrt waren, kam ich mit meinen Bekannten selten zusammen und verlor daher den tapferen Dionys und seine zärtliche Freundin aus dem Gesicht. Endlich ging ich aber doch einmal hin. Es fiel mir gleich auf, daß das Zimmermädchen sehr schlecht aussah; ich schrieb es aber der ungenügenden Beleuchtung im Vorzimmer zu. Etwas später fragte ich die Hausfrau:

»Was hat eigentlich Ihre Zimmer-Polja? Ist mit ihr etwas passiert?«

»Da sieht man, daß Sie bei uns seit einer Ewigkeit nicht mehr gewesen sind! Sie wissen nichts von den wichtigsten Ereignissen! Der arme Dionys hat ja beide Beine verloren!«

»Was Sie sagen! Der arme Dionys, die arme Polja! Wo ist er nun jetzt?«

»Denken Sie sich nur: noch immer draußen!«

»An der Front?«

»Ja.«

»Wie ist es nur möglich? Ohne Beine?«

»Natürlich ist er dort nicht mehr Soldat! Ich will Ihnen übrigens seinen Brief zeigen.«

Die Frau ging für einen Augenblick hinaus und kam mit einem Briefbogen in der Hand zurück, den sie mir einhändigte. Im ersten Augenblick dachte ich nicht daran, daß der Friseur beide Beine und nicht beide Arme verloren hatte, und war daher über die vollendet kalligraphische Handschrift erstaunt. Die Handschrift war wirklich ganz hervorragend schön, ebenso auch der Ton des Briefes, welcher zeigte, daß Denis Kotow trotz seiner modernen Kleidung und seines komischen Namens doch ein echter Russe war, ein würdevoller und solider Mensch, der einen Brief nicht als ein flüchtiges Lebenszeichen betrachtet, sondern als ein historisches Sendschreiben.

»Meine liebste Gemahlin Pelageja Nilowna! Nachdem ich Ihnen zu allererst Gesundheit und Wohlergehen wünsche, teile ich Ihnen mit, daß ich am Leben und bei bester Gesundheit bin. Mit dem Feind kamen wir an die fünfmal zusammen, und wenn es auch zu keiner wirklichen Schlacht kam, so ist die Schießerei doch immer lebensgefährlich, und es kommt so auf dasselbe hinaus. Das geniert einen nur in den ersten zwei Tagen; dann gewöhnt man sich an alles und fühlt sich ganz normal, als ob nichts Besonderes los wäre. Die Verpflegung ist nicht schlecht, und wir leiden auch soweit keinen Mangel. Was braucht auch der Mensch? Die Gegend ist jetzt überall die gleiche, aber in Friedenszeiten ist es hier sicher sehr schön, besonders wenn man draußen auf dem Lande wohnt. Den Tabaksbeutel, den Sie mir genäht haben, habe ich noch auf der Reise verloren. Ferner teile ich Ihnen, Pelageja Nilowna, mit, daß mir am siebzehnten dieses Monats etwas Unangenehmes passiert ist: durch eine Granate wurde mir das linke Bein weggerissen, und als man mich im Lazarett untersuchte, so stellte es sich heraus, daß man auch das andere amputieren mußte. Das habe ich alles glücklich überstanden, und ich wollte Ihnen bisher nichts davon schreiben, um Sie nicht unnötigerweise zu beunruhigen, ehe sich das endgültige Ergebnis meiner Lage zeigte. Nun ist alles nach bestem Wunsch erledigt, und ich kann Ihnen sagen, daß ich mich entschlossen habe, an die Front zurückzukehren, natürlich nicht mehr als Gemeiner in den Schützengraben, sondern in die Etappe, da ich ein Meister in meinem Fache bin und an solchen Leuten ein Mangel herrscht. Ein jeder dient wie er kann. Man wollte mir mein Bein zeigen, ich wollte es aber nicht sehen. Ich muß Ihnen gestehen, teuerste Pelageja Nilowna, daß mir Tränen in die Augen traten, als ich diesen Vorschlag hörte. Das war natürlich gleich nach der Operation, und ich war sehr schwach, sonst würde ich mir daraus nichts machen. Die Ärzte sagten mir das, nicht um über mich zu lachen, sondern weil sich die andern oft für die Glieder interessieren, die man ihnen amputiert hat. Ich hoffe, daß Sie jetzt, nachdem Sie erfahren haben, daß ich am Leben und beim besten Wohlergehen bin und wieder in meinem Fache arbeite, sich nicht umsonst grämen, sondern gemeinsam mit mir dem allbarmherzigen Herrn und Heiland danken werden.«

Dann folgten die obligaten Grüße; zum Schluß hielt es der Briefschreiber doch nicht aus und unterzeichnete seine Epistel mit: »Der Ihnen wohlbekannte Monsieur Dionys.«

Die Hausfrau hatte gewartet, bis ich mit der Lektüre fertig war, und sagte:

»Diese Gefühllosigkeit ist doch wirklich erstaunlich! Er machte immer den Eindruck eines durchaus intelligenten Menschen; nun kommt aber doch der Bauer zum Vorschein!«

»Mir scheint, Sie mißbilligen seine Geistesgegenwart?«

»Nein, ich staune nur.«

»Nun, und wie nahm Polja diese Nachricht auf?«

Die Dame zuckte die Achseln, errötete und sagte mit unzufriedener Stimme:

»Sie hat mich förmlich totgeschlagen. Das hatte ich von ihr wirklich nicht erwartet.«

Ich war natürlich begierig zu hören, wodurch ein so gutmütiges Geschöpf wie die Polja meine Bekannte hatte so erbittern und selbst »totschlagen« können.

»Erlauben Sie einmal! Anfangs weint sie natürlich und reibt sich die Augen. Doch am gleichen Abend kommt sie zu mir und fragt mich: ›Was meinen Sie, gnädige Frau: da Denis Petrowitsch jetzt ohne Beine ist, wird er doch irgendwelche besondere kurze Hosen tragen müssen; ihm sind aber noch drei Paar ganz neue lange Hosen geblieben; was soll ich mit diesen Hosen tun? Verkaufen?‹ Vor Empörung verlor ich sogar die Sprache; aber nachher schrie ich sie so an, daß sie zu weinen anfing. Dann schlossen wir wieder Frieden. Nein, denken Sie sich nur diese Gefühlsroheit: der Mann hat beide Beine verloren, und sie sitzt da und zerbricht sich den Kopf, was sie mit seinen Beinkleidern anfangen soll!«

»Auf den ersten Blick mag das ja wirklich ungeheuerlich und komisch erscheinen; aber wissen Sie, wie ich darüber denke? Ich glaube, daß ihr Mann, trotz seines Berufes und trotz seiner gewählten Ausdrucksweise, trotzdem er Monsieur Dionys heißt, bunte Schlipse trägt und in sein Poesiealbum Verse schreibt, daß er trotz alledem, als ein Meister in seinem Fach, den Hausfraueninstinkt Poljas, der in ihren Worten zum Durchbruch kam, zu würdigen wissen wird. Eine andere würde tagelang weinen, sich dann von ihrem verstümmelten Manne lossagen und ihr Schicksal beklagen; diese überlegt sich aber gleich, wie sie unter den gegebenen Umständen leben soll. Sie denkt gleich an die Wirtschaft; ihre Worte zeugen nicht von Erbitterung, nicht von Aufruhr gegen das Schicksal oder Verzweiflung, sondern von treuer Liebe und Wirtschaftlichkeit. Sie ist eine gute Hausfrau und eine verläßliche Stütze ihres Mannes. Und das ist nach meiner Ansicht gar nicht zu unterschätzen.«

»Ich weiß wirklich nicht, Sie müssen doch immer etwas Originelles sagen.«

Ich glaube aber, daß ich mich kaum origineller gebärdete, als Polja selbst, die in diesem Augenblick den Tee herumreichte, sicher, freundlich und still, wie eine echte Meisterin in ihrem Fach.

Erzählungen aus dem Biedermeier

Biedermeier - das klingt in heutigen Ohren nach langweiligem Spießertum, nach geschmacklosen rosa Teetässchen in Wohnzimmern, die aussehen wie Puppenstuben und in denen es irgendwie nach »Omma« riecht.

Zu Recht. Aber nicht nur.

Biedermeier ist auch die Zeit einer zarten Literatur der Flucht ins Idyll, des Rückzuges ins private Glück und der Tugenden. Die Menschen im Europa nach Napoleon hatten die Nase voll von großen neuen Ideen, das aufstrebende Bürgertum forderte und entwickelte eine eigene Kunst und Kultur für sich, die unabhängig von feudaler Großmannssucht bestehen sollte.

Georg Büchner Lenz **Karl Gutzkow** Wally, die Zweiflerin **Annette von Droste-Hülshoff** Die Judenbuche **Friedrich Hebbel** Matteo **Jeremias Gotthelf** Elsi, die seltsame Magd **Georg Weerth** Fragment eines Romans **Franz Grillparzer** Der arme Spielmann **Eduard Mörike** Mozart auf der Reise nach Prag **Berthold Auerbach** Der Viereckig oder die amerikanische Kiste

ISBN 978-3-8430-1884-5, 444 Seiten, 29,80 €

Erzählungen aus dem Biedermeier II

Annette von Droste-Hülshoff Ledwina **Franz Grillparzer** Das Kloster bei Sendomir **Friedrich Hebbel** Schnock **Eduard Mörike** Der Schatz **Georg Weerth** Leben und Taten des berühmten Ritters Schnapphahnski **Jeremias Gotthelf** Das Erdbeerimareili **Berthold Auerbach** Lucifer

ISBN 978-3-8430-1885-2, 440 Seiten, 29,80 €

Erzählungen aus dem Biedermeier III

Eduard Mörike Lucie Gelmeroth **Annette von Droste-Hülshoff** Westfälische Schilderungen **Annette von Droste-Hülshoff** Bei uns zulande auf dem Lande **Berthold Auerbach** Brosi und Moni **Jeremias Gotthelf** Die schwarze Spinne **Friedrich Hebbel** Anna **Friedrich Hebbel** Die Kuh **Jeremias Gotthelf** Barthli der Korber **Berthold Auerbach** Barfüßele

ISBN 978-3-8430-1886-9, 452 Seiten, 29,80 €